ぺてん師と空気男と美少年

西尾維新

講談社
タイガ

Illustration キナコ　Design Veia

美《び》少《しょう》年《ねん》探《たん》偵《てい》団《だん》
咲《さき》口《ぐち》長《なが》広《ひろ》
袋《ふくろ》井《い》満《みちる》
足《あし》利《かが》飆《ひょう》太《た》

ぺてん師と空気男と美少年

美少年探偵団団則

1、美しくあること
2、少年であること
3、探偵であること

0　まえがき

天は人の上に人を造らず、人の下に人を造らず。言わずと知れた福沢諭吉《ふくざわゆきち》先生の、言わずと知れた名言だけれど、しかしながら先生は、実際にはこんなことを言っていないらしい。いや、言ったと言えば言ったのだけれど、それは決して本筋ではなかった。

あの『学問のすゝめ』の一ページ目を開いてみれば（そう、この本で言えば、あなたが今読んでいる、このページのことだ）、確かに、まず一行目にこの言葉が書いてあるのだが、正確にはその文章は『天は人の上に人を造らず人の下に人を造らずと言えり』であって、更にその先に、にもかかわらず、どうして、実際の世の中はそうなっていないのかという問題提起が繋《つな》がっていくのだ。要するに、学問をするかどうかで、本来平等なはずの人間同士の間に、差異や格差が広がっていくというのが論旨《ろんし》なわけで、平たく言えば、『人の上に立ちたかったら勉強をしなさい』と言っているのだ——考えてみれば『学問のすゝめ』なのだから、そりゃそうだ。

それなのに、そんな（大多数の人間が向き合いたくない）教訓の部分はガン無視されて、聞き心地のいい冒頭部分だけがピックアップされて、後世に残ってしまった。たぶん、善良だけれど、ちょっとばかり慌てん坊で、思慮がいささか足りなかった平等主義者が、思いの外《ほか》いたということなのだろうが、『すすめ』どころか、その場にとどまるような解釈をされてしまったのでは、先生もはなはだ心外というものだろう。

他人の言葉を一部分だけ切り取って牽強付会《けんきょうふかい》にも我田引水《がでんいんすい》して、自分に都合のいいように活用する手法は、てっきり最近普及した情報公開のテクニックだとばかり思っていたけれど、どっこい遥《はる》か昔から、おこなわれていた人類のスタンダードスタイルだったというわけだが、しかし、もしもこんなことを言うと、あの風刺家の不良生徒は、こんな反論をするだろう。

「馬鹿《ばか》、そういう切り取りの批判が普及しているお陰で、ありがたくも『そういう意味ではなかったのだが、結果として誤解を招くような発言になってしまって申し訳ない』ってな釈明がまかり通るようになったんじゃねえかよ」

そしてきっとこう続ける。

「そんなんで人類の本質を見抜いたつもりかよ。だいたい、お前こそ、冒頭から福沢諭吉の大名言を引用して、持論を展開してんじゃねえか。新聞の社説欄気取ってんじゃねえぞ」

やれやれ。

しかし風刺はともかく、社説ならぬ彼の説は彼の説で、一部分においては、確実にその通りでもある——土台、わたしごときが世間を語るなんて、しゃあしゃあまじまじにもほどがある。

なので、きびきび本題に入ろう。

目がいいだけが自慢のわたしの口から語れることなど、風刺家の不良生徒を含む彼ら、美少年探偵団のことくらいなのだから。

ただし、ひとつだけ言い訳をさせてもらえるならば、ただのおどかしで、わたしは福沢諭吉先生のお言葉を引っ張ってきたわけではない——これから紹介しようと思っているのは、まさしくその先生が描かれている、とある紙切れについてのお話なのだから。

1　目の前の落とし物

その日の朝、十四歳になった瞳島眉美《どうじままゆみ》は、十三歳だった頃と同じく、勉学に励《はげ》むために、私立指輪《ゆびわ》学園へと向かって歩いていた。十三歳までの瞳島眉美との違いを強《し》いてあげるならば、彼女、つまりわたしは、先日まではスカートをはいていたけれど、今はスラックスをはいているということくらいである。

端的に言うと、十四歳の瞳島眉美は女子でありながら、男子の制服を着ているということだ——男装が趣味というわけではないけれど、そう思われても仕方ない。結果的に誤解されるような格好をして申し訳ない。

ただし、少なくとも、学園の裏で暗躍するあの美少年探偵団に入るためにこんな格好をしているのだと理解されるよりは、まだしもそう誤解されたほうが、いくらかマシだというものだ。

そのあたりの経緯について、どうしても詳しく知りたければ、別の事件簿を読んでもらえればと思うが（『美少年探偵団　きみだけに光かがやく暗黒星』）、正直なところ、こんなファッションセンスを示していればもっと奇異の目で見られたり、ただでさえ少ない友達が、更に少なくなってしまうんじゃないかと不安を抱えてもいたのだけれど、案外、そんなことはなかった。

逆にこれまで縁のなかったクラスメイトから、話しかけられたりもした——もちろん、男子の扮装《ふんそう》をする女子を、面白がっているところもあるのだろうが、それだけでもなさそうだった。

世間は変人に寛容だった。

意外なことに。

いや、まあ、もとより、『あんな連中』をのさばらせておく風土のある指輪学園だからこそ、なのかもしれないけれど。

ならではって奴だ。

……なんだったんだろうな。

変わることをおそれて、変人扱いを恐れて、ずっと一人で空を見上げていた、これまでのわたしは——あの葛藤《かっとう》や、あの屈折は、ぜんぶ、ただの独《ひと》りよがりでしかなかったんだろうか。

そう思うとむなしくもあったけれど、しかしそこは奮起して、勇気をもって踏み出した一歩の結果だと受け取りたい。

ともかく、十四歳の瞳島眉美は、ファッションにこそ若干の変化が見られたものの、中身はぐにゃぐにゃにひねくれた女の子のままで、学校に向かっていた——と。

ふと、前を歩いているサラリーマンの姿が目に入った——もちろん、今のわたしは特注の眼鏡《めがね》をかけている。

視力を矯正するためではなく、制限するための眼鏡だ——だから、『良過ぎる目』で見たのではなく、普通に見たのだ。

それなのに、どうして職場に出勤するサラリーマンという、いわば平和な社会の象徴とも言えるいち風景に、ここで注目してしまったのかと言えば、これはわからない。

予感が働いたなんて言うつもりはないし、美少年探偵団に入団したてのわたしに、極めて探偵的な資質があった、なんて、身の程知らずにも主張するつもりもない。

でも、気になってしまったのだ。

強いて言えば、背広の着こなしが、やや不自然だっただろうか？　鞄《かばん》をもって、髪はオールバックに固めて、後ろから見ている限り、いかにもなサラリーマンだったのだが、ほんの少し、違和感があった。

けれど、それはそのまま歩いていれば、何程のこともなく通り過ぎてしまえるくらいの違和感でしかなく、通り過ぎてしまえば、五分後には忘れるくらいの違和感でしかなかった。

人生なんて、そんなすれ違いと立ち止まりの、繰り返しなのかもしれない、なんて、悟ったようなことを述べるつもりはさらさらないのだが。

ともかく。

なんとなく、その違和感のあるサラリーマン氏に、自分の視界にいられるのが気持ち悪くて、わたしはその人を追い抜くことにした——十四歳の女子の歩幅でも、大股《おおまた》で歩けば、たやすいだろう。

スカートじゃないから、はしたなくない。むしろ颯爽《さっそう》として見えるはず。見えればいいのに。

そう決意したところで、おもむろにサラリーマン氏は、上着のポケットからスマートフォンを取り出した。

取引先への電話だろうか？

こんな朝早くから？

日本のサラリーマンは大変だねえ。

そう感慨をおぼえる暇は、わたしにはなかった――なぜなら、サラリーマン氏はスマートフォンをポケットから取り出すときに、ぽとりと落とし物をしたからだ。

スマートフォンと一緒に、ポケットから引っ張り出してしまったらしい――すぐに通話に入ってしまったから、落とし主はそのことに気付いていない。

更に言うなら、生じた擬音は、実は『ぽとり』ではなかった。

『どさり』だった。

「ぶっ！」

と、それを見て、わたしは思わず吹き出してしまった――これも当然、普通の視力で見たのだが、わたしは眼鏡の調子が狂ってしまったのかと思うくらい、我が目を疑うことになった。

あろうことか。

サラリーマン氏が落としたのは札束《さつたば》だったのだ。

彼は上着のポケットから、裸の札束を落としたのだ――銀行からおろしたてという風な、帯封までされた札束である。

しかも額面は一万円である。

福沢諭吉先生の肖像が描かれているあれだ。

つまりサラリーマン氏は、私の目の前に百万円を落としたのだ——しかも、そのことには気付かないまま、電話をしつつ、ずんずん先へ歩いていってしまう。

「ちょ……、ちょっと！」

わたしは慌てて、彼を追って駆け出す。

その際、アスファルトの路面に落ちた札束を、熟練のラグビー選手のように拾い上げることも忘れない。

もちろん、わたしは、言うほどに善良な人間ではないし、誇れるほどに倫理的な女の子でもない——落ちているお金を懐《ふところ》に入れるような、下品な真似《まね》はしない人間のつもりだけれど、しかし目に付いた落とし物をあますところなく、いちいち警察に届けるような、親切ではないと自覚している。

ただ、額が額だ。額過ぎる。

百万円を落とした人をすんなり見過ごせるほど、感性が麻痺《まひ》してはいない——思いの外足取りの速いサラリーマン氏に、なんとか追いついて、

「もしもし！」

と、声をかけた。

電話をかけている人にもしもしもないが、ちょうど彼は、通話を終えたところだった――振り向いたその顔は、想像していたよりも、ずっと若かった。

オールバックなので大人っぽくは見えるけど、なんと言うか、その目が、どこか子供っぽさをたたえていたのだ。

とても百万円なんて大金を、ポケットに入れているような器量の人物には見えない――考えてみれば、たとえ大企業の社長だって、ポケットにむき出しで、百万円なんて入れていないだろうけれど。

いやいや、待て待て。

立ち返れ、わたし。

大金を前に、ついつい、反射的に動いてしまったけれど、百万円を道ばたに落とす人間って、どんな人なんだ？

やばい人じゃないのか？

ある意味、大金に目がくらんだと言えるわたしの軽挙妄動だったけれど、果たして、サラリーマン氏は、

「おやおや。どうかされましたか？」

と、極めて紳士的な笑顔で、極めて紳士的に、そう言った――その柔らかな笑顔に、わたしはひとまず安心する。

ただ、動揺が収まるほどではない。

「あ、あの、……これ、これ、お、落としましたよ」

震える声でそう言いながら、わたしが札束を差し出すと、

「おっと、これはこれは」

と、サラリーマン氏は、わたしにウインクをしてみせた。

今風に言うと『てへぺろ』な表情だったが、それにしてはアダルティで、いささか可愛《かわい》げに欠けている。

第一印象で感じた子供っぽさは、気のせいだったのだろうか。

「僕としたことが、うっかりしました。ありがとう。助かりましたよ、少年」

少年、と言われて、どきっとする。

ここで『少年ではなく美少年だ』と返せるほどの舞台度胸はわたしにはない――はあ、ええ、どうも、と、呟《つぶや》くように返事をしつつ、とにかくわたしの手には重過ぎる札束を、サラリーマン氏に手渡した。

役割を終えると、なんだか恥ずかしくなってしまって、それではと言ってそそくさと、逃げるようにその場から離れることにした――のだが、「ああ、ちょっとお待ちを」と、引き留められた。

「どうか、僕からのお礼も受け取らずに美しく立ち去るようなことはしないでください、

少年」

「お、お札？」

美しく立ち去るようなことはしないでくださいと言われても、団則に従うと、不格好に立ち去るわけにはいかないのだが。

「落とし物を拾ってもらったら、一割差し上げるのが相場でしょう」

「い、一割？」

わたしが馬鹿みたいに相手の言葉をリピートし続けていると、サラリーマン氏は慣れた手つきで――お札を扱うのに慣れた手つきで――、百万円の束から、きっかり十枚、一万円札を抜き取って、それをわたしの制服の上着の、胸ポケットにすっと差し込んだ。タイムカードでも差し込むような鮮やかな手際だった。

一万円札を、十枚？

つまり、十万円？

十万円って、日本円にして十万円分の値打ちがある、十万円コイン一枚分？

「こ、こんなにはいただけません、て言うかお礼なんてとんでもないです、いりません、むしろこんなの困ります、なにとぞ引き取ってください」

わたしはまくしたてるようにそう言ったけれど、時既に遅かった――わたしがお金を差し込まれた胸ポケットから顔をあげたときには、サラリーマン氏は既に、わたしに背を向けて、歩き出していた。

　おいおい。

　美しく立ち去られて、困るのはこっちのほうだ——わたしは狼狽《ろうばい》しつつ、彼を追う。冗談じゃない、なんとしても、返金しなければ。

「待ってください！　ねえ！」

　早歩きで角を折れた彼に、すぐさま続いたわたしだったが、しかし、そこでも狼狽することになる——あれ？

　そこから先は一本道で、見失うはずがなかったのだけれど——だから彼がその道に這入《はい》ったことで、わたしは安心したくらいだったのだけれど——、サラリーマン氏の、どこか違和感のある後ろ姿は、そこにはなかった。

　美しくどころか、違和感ごと、まるで空気のごとく。

　彼は消えていたのである。

「え……？　あれ？」

2　放課後の美術室

　まるで朝っぱらから白昼夢を見てしまったかのようなふわふわした出来事だったけれ

ど、しかしそれが夢ではなかった証拠に、わたしのポケットには十万円のお札が残っていた。

何度見ても十万円だ。

何遍数えても十万円だ。

ぐあぁ。

どうするんだ、これ。

いや、もちろん、落とし物を拾ってもらったら、拾い主に一割をお礼に渡すというのは、慣習ではなく法律で決まっていることなので（遺失物法第四条。正しくは五分から二割）、これを受け取ることは、わたしの正当な権利だと言える。

なので、このままありがたくいただいてしまうというのも、ひとつの選択肢ではある——えへへ、ラッキー♪　と、それこそてへぺろな笑顔を浮かべて、モールにショッピングにでかけるという手もある。

ただ、わたしはそういうタイプではなかった。

モールにショッピングに行くタイプではないし、てへぺろな笑顔を浮かべるタイプではないし、そして自分をラッキーだと思えるタイプではない。

こんな幸運は、わたしの人生を狂わせる。

そういった利己的な思考に基づき、受け取れない。

だからなんとかして返金したい——そのためにも、わたしは忽然《こつぜん》と消えてしまったサラリーマン氏を見つけださなければならない。

そして人探しと言えば、探偵だった。

……正直なところ、あまりアテになるとは思えなかったけれど、他に頼る先もない——そんなわけで、わたしは放課後、美術室へと向かった。

美術室。

その実体は、豪華絢爛《ごうかけんらん》に改装された、美少年探偵団の事務所である。

芸術系の授業が課程から外されたため、長年使われていなかった空き教室を勝手に占拠して、『あの連中』は、我がもの顔でのさばっているのだ。

「ごきげんよう」

と、なんとなく癖《くせ》になってしまった芝居がかった挨拶《あいさつ》をしつつ、わたしは美術室の扉を開けた——きらきら光るシャンデリアが吊《つる》され、立派な彫像や見事な絵画が飾られ、華やかな絨毯《じゅうたん》が敷かれた、いつまでたっても慣れない特別教室には、名高き美少年探偵団の団員が三名、ソファに腰掛け、紅茶を嗜《たしな》んでいた——そうしているのを見ると、ここだけ英国みたいだ。

ちなみに三名と言うのは、以下の三名だ。

美食のミチル。

美脚のヒョータ。

美声のナガヒロ。

逆に言うと、団長と天才児くんがいなかった——まあ、奔放なメンバーばかりなので、正規メンバーの五名（わたしを含めれば六名）全員が揃《そろ》っていることのほうが珍しいらしい。

わたしが初めて、この美術室を訪れたときは、むしろレアケースだったというわけだ——それが滅多《めった》にない幸運だったのか、たぐいまれなる不運だったのかは、さておくとして。

「おう、ちょうどいいタイミングじゃねえか——今、淹《い》れたとこだぜ」

と、美食のミチル——二年A組の袋井満《ふくろいみちる》くんが、わたしのほうを向く。

「安心しろ。お前が飲んでも大丈夫なように、程度の低い味覚に合わせてまずくしておいてやったから」

出会い頭に口が悪い。

が、しかし、来るかどうかわからないわたしのために、味を調整した紅茶を用意してくれていたことを、意外に思う。

意外と言うなら、校内で番長としておそれられる彼が、仲間のために紅茶を淹れていることが、のみならず、お茶請けのお菓子まで作っていることからして、既に意外と言えるのだが。

「美少年姿もサマになってきたねー、瞳島ちゃん。美少年探偵団のマスコット担当だったボクとしては、嫉妬心《しっとしん》を駆り立てられずにはいられないよ」

美脚のヒョータ——一年A組の足利飆太《あしかがひょうた》くんが、正面に座ったわたしをからかうようにそう言ったけれど、正直、嫉妬心を駆り立てられずにいられないのは、こっちのほうだった。

ソファに上下逆さまに座って、両脚を背もたれに引っかけているこの子は、制服を、お隣の不良生徒よりも大胆に着崩していて、スラックスをショートパンツのごとく改造していた。

むき出しにされた生足は、指輪学園のすべての女子に黒ストッキングをはかせたという伝説を伴う輝きを放っている——もちろん、美少年探偵団の団員であると同時に陸上部のエースでもある彼の足が放つその輝きは、決して見かけだけの見せかけではなく、実のところ、天使のように可愛らしい外観に反して、彼の役目はマスコットどころか、肉体労働担当である。

「それで？　何かありましたか、瞳島さん？」

美声のナガヒロ——三年A組の咲口長広《さきぐちながひろ》先輩が、うっとりするようないい声で、わたしにそう訊《き》いてきた。彼の婚約者の年齢を知らなければ、偏屈者のわたしでもうっとりしてしまったかもしれないくらいのいい声だ。

　さすが入学時の演説だけで、指輪学園の生徒会長まで上り詰めた男である——いや、わたしが何らかの用があって、美術室を訪れたことを静かに看破しているあたり、決して演説だけの生徒会長ではない。

　わたしもいちおうは美少年探偵団の団員なのだから、用がなくともここに来てぜんぜん構わないのだけれど、しかしながら、新入りとしてはどうしても気後れしてしまうというのが本音だった——そのあたりの手探り感あふれる心理は、生徒会長として、どうやらお見通しらしい。彼の婚約者の年齢を知らなければ、感心せずにはいられない——さすが、美少年探偵団の副団長を任されるだけのことはある。

「ああん？　なんだよ、探偵仕事の依頼だってのか？　なんでいまや団のメンバーであるお前が、依頼しようって言うんだよ。言っておくけど、社員割引なんてねーからな」

　不良くんが、口汚くそんな風にわたしを罵《ののし》りながら、懇切丁寧な手つきで、わたしの前に紅茶をセッティングしてくれていた。

　新入りのわたしを疎外するどころか、すっかりメンバー扱いしてくれているあたり、相当に仲間意識が強いらしい——不良らしさの一環とも言えるが、やっぱり根本的に、この男子はそんなに悪いヤツじゃあないんだろう。

　危険であることに疑いはないが。

……ただ、社員割引も何も、そもそも美少年探偵団は、無報酬の非営利団体だったはずだ。

「それでしょ？　胸ポケットの膨《ふく》らみ」

生足くんが逆立ちならぬ逆座りの姿勢のまま、わたしの上着を指さした——両腕は頭のうしろで組んでいるので、足で指さした。

エチケットの観点から言えば許されることではないが、その美しい足で指さされてしまうと、この上なく礼儀正しい行為にも見えるから不思議なものだ。

胸ポケットには、確かに問題の、十万円が折り畳まれて入っていた——入れっぱなしだった。不用心ではあったが、このお金を、たとえ一時的な措置であっても、自分の財布にしまうのには抵抗があった。

さすがは探偵団のメンバー、なかなかに目敏《めざと》い——と、ここは生足くんをほめそやすべきかもしれなかったけれど、しかしこの場合、彼は胸ポケットの膨らみというより、わたしの胸の膨らみに注目していただけという疑惑が払拭《ふっしょく》できない。

わたしの用事が何かよりも、男装するにあたって、わたしがバストをどう処理しているのかのほうを、彼は気にしているのかもしれない——教えるわけないだろ。

ともあれ、わたしはくだんのお札十枚を、おっかなびっくりポケットから取り出して、それをテーブルの上に置いたのだった。

まあ、これだけ豪勢に改装された美術室の中においては、十万円の輝きも、いささかかすむというものだが……。

「あん？」「おっと」「おやおや」

三者三様の反応を見せるメンバー達。

腹が据わっている変人達は、わたしのように取り乱しこそしなかったけれど、いきなり登場したお金の意味がわからないのは、意見を同じくするところらしかった。

その上、わたしが持ち込もうとしているのは、この十倍の金額が絡んでくる話なのだ——百万円となれば、この美術室にも、そうはひけをとらない金額である。

わたしは、不良くんの淹れてくれた、わたし用にブレンドされた紅茶、その名もマユミナンバーシックスを口に含みつつ（変な名前をつけないで欲しい）、今朝、いったい何があったのかを、彼らに開示したのだった。

3　生徒会長と番長と生足

「それは、なんともおかしな話ですね」

話を聞き終えて、咲口先輩はそんな所見を述べた——表情を見る限り、不良くんも生足くんも、同じような感想らしい。

「ですよね」

と、ようやく誰かと悩みを共有できて、わたしは安堵《あんど》を覚えたけれど、しかしどうやら、これはわたしの早とちりだったらしい。

いや、早とちりというほどではないのだけれど、わたしがどちらかと言えば、この十万円をどう処理すればいいのかに頭を悩ませているのに対して、彼らは三人とも、『一本道から突如姿を消した男』を、不思議がっているようだった。

「人間が空気のように消えてしまうなんて、リーダー好みの謎《なぞ》ですね——解明に乗り出してみるのも、いいかもしれません」

「聞いてみなきゃ、わかんねーけどな。団長の美的感覚は、たまに読み切れないこともあるからよ」

「たまにっていうか、しょっちゅうだけどねー。でもまあ、気にはなるよねー。角を曲がったところで足早に駆けていったんだとすれば、美脚のヒョータとしちゃあ、本能的にかけっこしたくなっちゃうなあ」

……まあ、なんにしても、面々が興味を持ってくれたのであれば、それに越したことはない——わたしとしては、彼らが、かのサラリーマン氏を見つけてくれたら、それでいいのだ。

美少年探偵団の団則を無視することにはなるけれども、十万円を返金さえできれば、ここは別段、美しさにこだわるつもりはない。

実際のところ、探偵団を名乗っているとは言え、美少年探偵団である彼らが、どれだけ人探しに長《た》けているのかは、定かではないけれど——まさか前みたいにヘリコプターを呼びつけて、空から探そうなんて思っていないよな？

そんなわたしのとめどない不安を知ってか知らずか、咲口先輩は、

「その落とし主の人相は？」

と、まともなことを訊いてきた。

わたしはただたどしく、その質問に答える——そのあとの出来事の印象が強過ぎて、風《ふう》貌《ぼう》の細かいところまでは自信がなかったのだけれども、それを聞いて、

「…………」

と、咲口先輩は黙った。

自分が黙っただけではなく、

「うん？　ナガヒロ、どうかしたの？」

と、質問しかけた生足くんを、「しっ」と、そんな風に制しさえした。

なんだ？　どうして咲口先輩は、質問されることすら拒んだのだ？　反射的に、わたしは不良くんの様子をうかがったが、彼はただただ、不機嫌そうにむすっとしているだけだった。

「あ、あの……？　咲口先輩？」

「いえ、失礼。なんでもありません」

それだけ露骨に反応しておいて、『なんでもない』もないだろうけれど、しかし生徒会長の演説用のいい声で言われてしまうと追及しづらい。

本当ならば、ポジション的にわたしとしては『もしかして知っている人なんですか』と訊きたいところなのだけれど、

「それよりも、まずはこの十万円をどうするかを考えなければなりませんね」

と、何を言っても説得力のある声音《こわね》で、わたしの希望に合わせた方向へと話柄《わへい》を進められてしまうと、それについていってしまう——ひょっとして彼の声には、洗脳効果でもあるんじゃないのか？

婚約者の心も、ひょっとしてこの声でつかんだのかと想像すると、逃げ出したくなってくる。

「真面目《まじめ》に対応するならば、警察に届け出るのが一番適切でしょうね。落とし主が見つからなくとも、見つかって受け取りを拒否されても、供託することができますから」

「警察は嫌いだ……」

美脚のヒョータが、静かに首を振った。

天使長とも言われる彼には似つかわしくない、非常にシリアスな、沈んだ表情である

——過去に警察と何かあったのか、この子。その昔、三回誘拐されたという壮絶な体験をしている彼だから、今更どんなエピソードがひもとかれても、驚きやしないけれど。

「ま、前回の件はともかく、探偵団を名乗ってる俺達としちゃあ、いきなりお巡りさんのお世話になるってのも、あまり外聞のいい話じゃねーよな」

不良くんはそんなことを言った。

彼は実際に、警察内に古くからの知り合いがいるようなので（『前回の件』だ。知り合いと言うか、不良ゆえの腐れ縁だと言っていた）、頼ろうと思えばたやすいことなのだろうが、それをよしとはしない気概があるらしい。

単に、警察嫌いの後輩を、気遣《きづか》っただけかもしれないけれど。

なんにせよ、不良くんが『お世話になる』なんて言うと、違う意味に聞こえる。

「確かに、たとえ交番に届けたとしても、前を歩いていたサラリーマンが百万円を落としたなんて荒唐無稽《こうとうむけい》な話を、信じてもらえるとは思えませんね。からかっているのかと怒られてしまうかもしれません」

「怒られるだけで済めばいいけど……」

生足くんは、生足をがくがく震わせていた。

本当に何があったんだよ。

「となると、自力で見つけるしかありませんね。通勤中の様子だったというのなら、明日以降、同じ時間に同じ場所で、待ち伏せするというのがセオリーでしょう。登校中の事件だったとのことですが、瞳島さん、そのサラリーマンを以前に見かけたことはありますか?」

それはむしろ、わたしこそが咲口先輩に投げかけたいような質問だったけれど。

「いえ、見るのは初めてでした。そうですね、通勤中なら、毎日、あの時間に、あそこを通っているはずなのに……」

生活サイクルが同じなら、毎日のように見かけていても不思議じゃないのに、わたしが指輪学園の生徒となってからのおよそ一年半、そんな機会はなかった。

もちろん、上ばかり向いて歩いていたわたしが、気付かなかっただけなのかもしれないけれど……。

「本当にそいつが通勤中だったんならな」

ふと、不良くんが言った。

「百万円をポケットに入れて歩いているとか、どう考えても、まともじゃねーだろ」

そりゃそうだ。

わたしも思ったことである——その後の紳士的な物腰に、なんとなくその辺があやふやになってしまったけれど、そもそも彼が何者なのかという疑問点はそもそものまま、残っている。

お金を返すためであれなんであれ、迂闊《うかつ》に関わるべきじゃない人なのでは？

そう思うと、君子危うきに近寄らずというあの諺《ことわざ》が、頭を過《よ》ぎる——このまま、何もなかったことにしてしまうのが、一番いい考えなんじゃないかと。

ただ、もしもそんな結論を出すのならば、わたしは美術室を訪れる前に、出しておくべきだった——そのとき、君子からはもっともほど遠い人物が、わたしが閉じた扉を再び、破壊せんばかりに勢いよく開けたからだ。

「あーはっはっはっは！　えっへん！　諸君、揃っているかね！　我々が尊ぶべき団則に従って、今日も美しく輝いていているんだろうね！」

君子ならぬ美少年。

美学のマナブこと美少年探偵団の団長、双頭院学《そうとういんまなぶ》くんのご登壇だった。

4　団長と天才児

そんな元気いっぱいな台詞《せりふ》とともに溌剌と扉を開けて、そのとき美術室が無人だった場合、いったい彼はどんな風に振る舞うんだろうと思いつつ、見れば、扉口にいたのは双頭院くんだけではなかった——美術のソーサクこと、一年A組の指輪創作《ゆびわそうさく》くんも、その後ろに控えていた。

名前からわかるよう、本指輪学園を運営する、指輪財団の御曹司《おんぞうし》である彼は（どころか、十二歳にして、彼は財団の運営の主軸をになっているというギフテッドだ）、本来、そんな風に控える側ではなく控えさせる側のはずなのだけれども、しかし、双頭院くんはそんな天才児くんに背中を任せてまったく気後れした風もなく、堂々としたものだった。

さすがは団長である。

ただこの団長、実は中学生でさえないのだが。

小五郎《こごろう》の異名を取ることからもわかる通り（わかるか）、なんと小学五年生である――指輪学園初等部、五年A組、双頭院学くんだ。

つまり彼は、最年少のメンバーでありながら、美少年探偵団の、一癖《ひとくせ》もふた癖もある団員をとりまとめているのだった――天才児くんのみならず、いつも不機嫌そうで荒っぽい不良くんも、気位の高い生徒会長先輩も、自由奔放な生足くんも、彼にはなぜか、忠実なのである。

それが美少年探偵団最大の謎であり、わたしの興味の対象でもあるのだけれど、今のところ、解決の糸口もつかめていない。

美学のマナブには、いったい何があるというのだろうか……、正直、前の事件においても、彼はほぼほぼ、何もしていなかったと言っていいのだけれど。

したことと言えば、男装したわたしと並んで女装したくらいだ（これは、わたしも何をやっているのだというエピソードだが）。

「おお、瞳島眉美くん！　今日も綺麗《きれい》な目をしているね！　ヒョータ、お前も今日もいい足だ。もぐもぐ。ん、また茶菓子作りの腕をあげたな、ミチル。夕飯も頼む。さあナガヒロ。自慢の声で事件のあらましを僕に説明しなさい。念のために言っておくが、今のは僕の自慢の、お前の声という意味だ！」

傍若無人《ぼうじゃくぶじん》にそうまくしたてながら、どっかりとソファに腰掛ける団長くん。よくもまあ、登場したてでそんなに偉そうに座れるものだ——それに比べて、座ろうともせずに彼の後ろに立ち、無言を貫《つらぬ》く天才児くんの慎《つつ》ましやかなこと。

と言うか、この子は、元々無口なのだ。

無口で無愛想《ぶあいそう》で気難しい。

天才的な人間としては、およそ最悪に近いキャラクター性である——わたしも今まで一度しか、彼が喋《しゃべ》ったのを聞いたことがない。

喋らなくとも、なぜか双頭院くんとは、意思疎通ができているらしいが……、今日もどうやら、二人で行動していたようだし。

本当にどういう関係性なのだろう。

「ええ、リーダー。実はですね——」

付き合いの短いわたしと違って、団長のそんな横暴な振る舞いには慣れたもののようで、自慢の声で（リーダーの自慢の声で）、わたしから聞いたばかりの今朝の出来事を、手短に説明した。

語り手が違うだけで、あのたどたどしかったお喋りが、こんなにもわかりやすくなるのかと、驚きを禁じ得なかった——咲口先輩の要約を聞いて、当事者のはずのわたしがようやく、ことの全貌《ぜんぼう》をとらえることができたとさえ言える。

全貌をとらえたところで、わけがわからないことには変わりはないし、美声のナガヒロの美声で語ると、『でも、そういうこともあるんじゃないかな』なんて、不思議が不思議でなくなるような気持ちになってしまうという問題点もあったが——語りがうますぎるのも考え物である。

「ふむ！　なかなか面白いね！　空気のように消えた男か、実に不思議じゃあないか！」

幸い、リーダーは美声の洗脳効果には耐性があるようで、膝を打ってそんなことを言った——百万円や十万円という金額のほうに心動かないのは、三人と同じようだけれど。

指輪くんについては言及するまでもあるまい。

一個財団を動かす彼にとっては、十万円なんて、小銭の範疇《はんちゅう》だろう——今もまるっきり無価値なものを見るような目で、テーブルの上のお札を見ている。一円を笑う者は一円に泣くんだぞと、庶民のやっかみで思うわたしだったが（十万円を笑うつもりのないわたしだって、十万円に泣くことはあると思うが）、

「ん？　どうしたのかね？　ソーサク。何か言いたことがあるようだが」

と、双頭院くんが後ろを振り返った。

正面から見ていてもわからない天才児くんの変化を、どうして見もせずに察することができるのだろう——適当に言ってるんじゃないだろうな、ひょっとして。

しかし訊かれて、指輪くんは、わずかに眉を動かした——瞬《まばた》きよりもわかりにくいサインだったけれど、

「ほう、これを取ればいいのかな？」

と、双頭院くんは、テーブルから一万円札を一枚、つまみあげた——それをそのまま、後ろにパスする。受け取った天才児くんは、その長方形の紙片を、ためつすがめつする。

なんだろう、まさか一万円札なんてはした金を見るのが生まれて初めてで、珍しいのだろうか……？

リーダー以外のメンバーにとっては、やはり指輪くんの行動はわかりにくいらしく、咲口先輩も不良くんも生足くんも、彼の次なる動向をうかがうばかりである。

しかし、拍子《ひょうし》抜けなことに、天才児くんはしばらくそうしたあと、まるで飽きたように、お札をリーダーに返却するのだった。

あれ？　何もなかったの？

だとすれば、どんな思わせぶりだと文句を言いたくなったけれど（むろん、指輪学園の生

徒として、指輪財団の御曹司に文句なんて冗談でも言えるわけもないのだけれど）、

「なるほど」

と、双頭院くんはひとり、納得したように、大仰《おおぎょう》に頷《うなず》いていた。

「どういうことですか？　リーダー」

双頭院くんと指輪くん、二人だけにしか通じない謎のやりとりに、さすがにたまりかねたように問いただす咲口先輩に、「いや、なに、なんてことはない」と、団長はにやにやして、嬉《うれ》しそうに答えるのだった。

「ソーサクは、これが偽札だと言っているだけなのだよ」

5　道楽の産物

しつこいようだが、指輪くん——指輪創作くんは、天才児である。それは十二歳にして指輪財団の運営に噛《か》んでいるという、経済的な才能を指しても使える言葉ではあるけれど、彼の本質的な手腕は、実は芸術方面にこそ、向いている。

美術のソーサク。

それが彼の、美少年探偵団における通り名である——何を隠そう、この美術室を飾る煌《きら》びやかな芸術作品の数々の、大半は彼の手による創作物なのだ。

そんな彼だから、テーブルの上に置かれた十万円から、何らかの不自然さを感じ取ったようだ——芸術家ゆえの感性、なのだろうか。

だとしたらそれはわたしにはないものだ。わたしに限らず大抵の人にはない。

「これが偽札……？」

にわかには信じられないというように、咲口先輩は、ほかの一万円札を手に取る——不良くんも生足くんも、それぞれ、それにならった。生足くんは、一度は足で取ろうとして、さすがに無理だったようで、断念していた。

そんな悔《くや》しそうな顔をすることか？

どれだけ足に命をかけているのだ、と本筋を見失いそうになりつつ、わたしもまた一枚、一万円札を手に取る——おそるおそる。

いや、福沢諭吉像は描かれているし、透かしもちゃんと入っているし、本物としか思えないのだけれど。

ただ、これは素人《しろうと》判断だ。

日本の技術の集大成であり、それこそ芸術とまで称される紙幣には、数々のセキュリティが施されていると聞く——そのいずれかを、天才児くんはチェックしたのではないだろうか。ほんの少しでも粗悪であったなら、若き芸術家の感性を騙《だま》すことなんてできないということで——そんな風に思ったわたしだったが、

「ちっちっち。そうではないのだ、瞳島眉美くん。ソーサクは、出来が良過ぎると言っている」

団長は、なぜか得意げにそう指を振った。

腹の立つ仕草《しぐさ》だ。

お前何もしてないだろ。

まあ、サッカーにおいては、シュートを決めた選手よりも、パサーのほうが、存外玄人《くろうと》には評価されるものだと言うけれど……何？　出来が良過ぎる？

天才児くんは、そんなことを言ったのか？

そう思って見るも、やはり、彼はいつも通りの仏頂面で、その顔は何も語っていなかった——この子に限っては、わたしを仲間と認めてくれているのかどうかからして、もう怪しい。

どの道、疑心暗鬼にかられていても始まらない。

「出来が良過ぎる……、ふむ」

言いながら咲口先輩は、自分ではそれを判断できないと思ったのか、手にしていたお札をテーブルに戻した。

「つまり、偽札にしては、あまりにコストパフォーマンスが取れていないと仰《おつしや》るのですか？　たとえば一万円札を作るのに、一万円以上のコストがかかってしまっている、とか」

「そういうことだ。よくわかったな。誉《ほ》めてつかわすぞ」

不遜《ふそん》な態度で応じる双頭院くん（小学五年生）。

だから、その態度でなんで人望があるんだよ。

「一万円札を作るのに一万円以上かけるって……、それに、どういう意味があるんですか？」

わたしは団員としてあるまじきことに、リーダーではなく、サブリーダーのほうに質問をした——奇人変人集団の中でも、一応は表の世界で、生徒会長という正式な役職をもっている咲口先輩に、ついつい水を向けてしまうのは、やむかたないと言える。

まあ、彼の婚約者のことを思うと、彼こそがダントツでやばい嗜好《しこう》の持ち主かもしれないのだが……。

いい質問ですね、と、咲口先輩は、いい声で答えてくれる。

「当然ながら、本物以上に本物らしいお札が作れますとも——そういう意味があります」

「本物以上に——本物らしい」

「偽札や偽金が、どうして露見するのかと言えば、予算の上限が決まっているからというのが、主たる理由なのですよ。本物にかける以上にお金をかければ、たいていのものはコピーできるんですよ」

「…………」

咲口先輩の見解を聞いて、改めてわたしは、お札に向き合う――この一万円札に、一万円以上の価値があるとは、とても思えないのだが。

いや、仮にあるとしても。

予算オーバーの制作費をつぎ込んで、この一万円の紙幣を――十万円のズクを――あるいは百万円の札束を作ったのだとしても。

しかしながら、それが意味だったら、あまりに無意味じゃないか――意味の意味を見失ってしまいかねない。

「なあんだ。要するに、道楽で作られたおもちゃってことだね」

生足くんは、つまらなそうにそう言って、紙幣――偽札？ ――を、ひらひらと振り回すようにした。

本当におもちゃみたいに扱っているが、割り切りかたが、なんともシビアだ。とてもではないが、わたしはそんな風には思えない――確かに道楽とはそういうものなのかもしれないけれど。

「くだらねえ。偽札にしても、真札にしても、真面目なサラリーマンがポケットに入れて持っているようなもんじゃないってことは、変わりないだろうよ」

と、不良くんは、生足くんよりはもう少し、わたし寄りの意見を述べてくれた。

変わりないどころか、ポケットに偽札の束を入れているほうが、百万円を持ち歩いているよりも、よっぽど警戒に値する、危険人物のように思える。

かかわっちゃあならないように。

ある意味、美術室に来る口実として、朝の出来事を利用してしまった節もあるわたしだったけれど、ひょっとすると、とんでもない事案を、この教室に持ち込んでしまったのではないだろうか――そう思うと、寒気すら感じる。

手のひらを返すなら今のうちだ。

本当は生足くんの意見よりも不良くんの意見に賛成したいところだったけれど、ここは私見を述べる場ではない。

なあんだ、そう、おもちゃだったのね、ごめんねみんな、お騒がせしちゃいました。きっとわたし、からかわれちゃったんだわ！　さ、この話はこれでおしまい！　袋井くん、紅茶、もういっぱいもらっていいかな？　今度はスタンダードなダージリンブレンドに挑戦しちゃったりして♪

きゃっ♪

そう言って場面を切り替えようとしたのだけれど、わたしはそんな、語尾に音符をつけるような陽気なキャラではまったくないので、言い掛けた時点で、「うっ……」と、言葉に詰まってしまった。

からかわれた？

　わたしのような一般人を、そんな大金をかけてからかってどうなるというのだ——偽札だから悪戯《いたずら》だったという強引な論旨でまとめようとしているけれど、本物を使ったほうが安くつくような悪戯を、誰が仕掛けるというのだ。

　真札を使うよりもよっぽど本気度が高い。

　そう感じるからこそより真剣に、わたしは場を茶化《ちゃか》すように、なごませねばならないのだが——厄介な問題を持ち込んでしまった新入りにできることなんて、その程度だ——、しかしながら、どうしても根が暗いわたしが「うっ……うっ……」と言葉に詰まり続けていると、

「美しい！」

　と、双頭院くんが。

　美学のマナブが、高らかに叫んだ。

　まるでわたしの詰まった言葉に続けるように。

　違う、わたしはそんなことを言おうとしていない。

　しかし彼は続けるのだった。

「額面以上の予算をかけられた偽札か——実に美しいじゃないか。なんとも言えない輝きを放っている。興味をとても、抑えきれないね！」

6　美的センサー

そう言えば、さっき、男が空気のように消えたという謎に対しては、双頭院くんは『面白い』としか言わなかった——だから、もしもわたしが手のひらを返したかったのならば、あのときだったのだ。

あの時点で既に、相当不穏な空気は漂っていたのだから、その決断はできたはずだった——だけど、もう手遅れである。

わたしの警戒センサーが鈍《にぶ》かったせいで、先に双頭院くんの美的センサーが働いてしまった。コストパフォーマンスを無視する、いわば利害や損得を越えた行為は、彼の美学に、かなりしっくりくるものなのだろう。

こうなってしまえば、もう止められない。

いや、わたしだって思う。

そんな、勘定を度外視した、言うならば遊び心のようなものは、風流というか、粋《いき》というか、芸術の基本要素でもあるのだろうから——『予算オーバーの偽札』の制作工程を、美しいと感じること自体は、否定しない。

だが、それも時と場合によりけりだ。

今更言うまでもないことだけれど、偽札作りは、犯罪である。通貨偽造罪だかなんだか、とにかくそういう罪に問われる——かなりの重罪だったはずだ。

さっきの咲口先輩の所見に則《のっと》るならば、もはや生足くんの警察嫌いに配慮している場合ではなく、よりシリアスに、この十万円（偽）を、お巡りさんに届けるべき局面だった。

しかし、喜色満面の双頭院くんの様子を見る限り、彼はとても、この後そんな行動を取りそうにもなかった——自ら、この偽札の謎を解こうと動くこと、間違いなしである。

こうなると、反対してもほとんど意味はない——リーダーの後ろで衛兵のごとく控えている天才児くんはもとより、生徒会長先輩も不良くんも生足くんも、態度に差はあれ、みな、リーダーに忠実である。

思えば、とんでもない独裁政権だ。

たとえ民主的に多数決を取ったとしても、五対一の大差で敗北する——グループの中で、自らそんな少数派であることを、アピールする意味は、ほとんどないどころか逆効果だ。

ならば賛成する振りをして政権内部に入り込み、それとなく警戒を促《うなが》したり、危険をほのめかしたり、死地から遠ざけたりするほうが、建設的なアイディアである。

くそう。

なんで人間関係を構築することを十年近く放棄してきたこのわたしが、こんな政治的に動かなければならないのだ——だが、わたしが陰から采配《さいはい》を振るわないと、これは大袈裟《おおげさ》でなく、美少年探偵団壊滅のピンチである。

「なんだよ、瞳島。そんな難しい顔をしやがって。『あなたの貴重な一票が必要なのです』って言葉を、そのまんま鵜《う》呑《の》みにした血気盛《さか》んな若者みたいな顔だぞ。本当に必要なのは貴重な一票じゃなくて多重の票田なのに」

人の気も知らず風刺が強いよ。

そして貴重な一票だって大事だよ。

わたしが今、どれくらいの責任を背負わされてしまったのか、わかっているのか——主に自己責任だけど。

どうしてわたしは、美少年探偵団の面々に相談しようなんて思ったのだろう……。

気の迷いどころか、血迷っていたとしか思えない。

「だいたい、瞳島。確かに俺なんかにゃ、本物と区別がつかねえ紙っぺらだけどよ——お前のべらぼうな視力なら、これが偽札かどうかくらい、見分けられなかったのか？」

「う……」

それを言われると、つらいところだ。

わたしが、サラリーマン氏（今となっては、絶対にサラリーマンではない、サラリーマン氏）が落とした札束を拾った段階で、それが偽物であると気付いていれば、ことを内々に収めることだってできたはずだ。

ことの深刻さに気付いて、拾おうとさえせずに、堅実にスルーしていただろう——そう考えると、つくづく悔《く》やまれる。

「そう言えばそうだね。美観のマユミらしくもない」

双頭院くんが無邪気そうに首を傾《かし》げた。

人に勝手な二つ名をつけるな。

なんだよ、美観のマユミって。

心中でそう毒づきつつも（まあ、リーダーから直々《じきじき》にメンバーとして認められたみたいで、正直、ちょっと悪い気がしなかったのは内緒だ）、わたしは、「別に、わたしの視力は万能の千里眼じゃないんだし」と、拗《す》ねたように言い訳をする。

「それに、そのときは眼鏡をかけてたんだから、しょうがないじゃない」

「眼鏡？　ああ、そう言えば、その眼鏡できみは、きみの美点である視力を制限しているんだったね、瞳島眉美くん」

納得したように、双頭院くんは言う。

かつてはわたしに、『綺麗な目』が見えないからと、眼鏡を外すようさんざんしつこく要請していた団長だが、それが良過ぎる視力を酷使しないよう、保護するための眼鏡だと知ってからは、さすがにそんなことは言わなくなった。

美しさを何より重んじる、と言うより、美しさのためならほかのすべてをないがしろにする美学のマナブも、すんでのところで人間味を保《たも》っているということだろうか——いや、その『すんでのところ』に引く一線こそが、また美学なのかもしれない。わたしには理解できない一線だが。

とは言え、実際のところ、そこまで神経質に保護すべき目でもないのだ——使い過ぎればまずいというだけで、ほどほどに使う分には、問題はない。たまに眼鏡をかけ忘れることもあるくらいで、本質的には、わたしにとってはコンタクトレンズをつけているのと変わらない。

なので、今更取り返しがつくことではないのだけれど、わたしは両手を使って左右から挟み込むように、丁寧に眼鏡を外し（スペアはあるけれど、高価なものなので、扱いは自然、丁寧になる）、もう一度、問題の紙幣を見てみることにした。

どれどれ。

わたしが本来の視力を発揮すれば——『存在しない星』まで見つけてしまうほどの視力を、我ながら論外とも言えるほどの視力を発揮すれば、果たしてこのお札の、真贋《しんがん》を判断できるのかしらん？

じっ。

「あれ？」

7 紙幣封筒

じっ……。

じじじじじっ……。

と、頭の中で、焦《こ》げ付《つ》くような音を感じながら、わたしが紙幣を注視したのは、本来の視力を駆使しても、それが本物にしか見えなかったから——ではない。

その区別は、容易についた。

わたしには天才児くんのような芸術的審美眼、美術的鑑定眼はないけれども、それでも単純な視力だけならば、彼に負けはしない——なるほど、確かに、これはいわゆる、日本銀行券ではない。

この『間違い探し』は、文字通りに一目瞭然《いちもくりょうぜん》だった——細かい違いも、複数ある。『出来が良過ぎる』という天才児くんの言葉（を言わんとしているという双頭院くんの言葉）も、頷くしかないものだった。

芸術品というより、精密機械のような印象を受けた——予算度外視で手間暇をかければ、偽札とは、ここまでの精度で仕上がるものなのか。

しかし、わたしが「あれ？」と、声をあげたのは、その細かい作業に見とれてしまったからではなかった——それならもっと、「ほうっ！」とか、そんな感じの声になっただろう。

審美眼や鑑定眼以前に、わたしはそういう感受性みたいなものが、大いに欠如しているらしい——美食のミチルが作ってくれた手料理も、慣れるまではぜんぜん胃が受け付けなかったくらいである。

わたしが感嘆符でなく疑問符を発したのは、その精密なる作りにではなく、その内側にこそ、目を取られたからだ——内側。

紙幣の内側。

いや、裏側ならまだしも、紙幣に内側なんてあるのか？

自分の視力を信じられず、わたしは手の中でお札をひっくり返したけれど、やはり見えるものは同じだった。

表から見ても、裏から見ても。

わたしに見えるのは、紙幣の内側にある紙片だった——念のために横から眺《なが》めてみて、いよいよわたしは確信を持った。

ほんの〇・一ミリほどの厚みの中に。

確実に何かが『挟まれている』。

「どうしたの？　瞳島ちゃん。そんな眼差《まなざ》しでお金を見てると、まるで守銭奴みたいだよ。なんであれ、ボクの足でも見て癒《いや》されてよ」

ふいに生足くんにそう言われて、わたしはつい、その親切に甘えてしまった——いや、本当に癒されてどうする。

そうじゃなくって。

「ね、ねえ。このお札の中に、何か入っているみたいなんだけれど」

「お札の中に？　何言ってんだ、お前？」

わけがわからないという風な不良くんだった——まあ、極めてまっとうな反応である。わたしだって、自信あっての発言ではない。

むしろ、わたしくらいわたしの目のことを信用していない人間もいない。

十年間、この視力にはさんざん振り回されてきたのだから。

なのでわたしは、残る九枚の紙幣も、同様にチェックすることにした——結果は同じだった。

十万円分のどの紙幣にも、含まれた内容物がある。

まるでお札自体が、極薄の封筒のような構造になっていて——ある種、こんなの、この偽札を作る以上の精密作業だ。どんな鋭利なピンセットを使えば、こんなことができるって言うんだ？

「ほんとかよ。じゃあ……」

わたしの言葉を受けて、不良くんはそれでも疑わしげに、しかし紙幣を手に取って、左右に破ろうとした——透かして見てもそれとわからないように仕込まれた内容物なんてあるのかと、実力行使に及ぼうとしたらしいけれど、その腕を、横からぐっとつかむ手があった。

天才児くんだった。

無言のままで、首を小さく左右に振っている。

芸術家として、偽札であれ違法物であれ、価値があろうとなかろうと、乱暴に扱うのはよくないと、先輩に対して上申しているのかもしれない——この基準もまたよくわからないが、それを受けて、不良くんは決まり悪そうに、「なんだよ、ソーサク。じゃあ、どうすればいいいんだよ」と言いつつも、とりあえず、紙幣を破く動作は中止した。

「えっへん。ミチル。ソーサクは俺に任せろと言っているようだぞ」

双頭院くんが通訳に入った。

とことん、横合いから好き勝手なことを言うリーダーである——って言うか、天才児くんの一人称、『俺』なのか。

ちょっとイメージと違うな。

「任せろって言うなら、任せるけどよ」

と、不良くんは、破損をまぬがれた紙片を、天才児くんに手渡す——ただ、本質的には、天才児くんがやったことは、不良くんがやろうとしたことと、そう大差はなかった。

紙幣を右と左に破ろうとした美食のミチルに対して、美術のソーサクは、紙幣を表と裏に破ろうとしただけである——しただけでなく、彼は実際に、それをなした。

しかし極めて慎重に。

まるで、シールを台紙から剝《は》がすように。

天才児くんは、ただでさえ薄い紙幣を、更に二分割にしてみせたのだった——ピンセットどころか刃物さえも使わず、素手でそんな技を見せた。紙幣って元々、防寒用のコートみたいに、表地と裏地のそういうセパレート構造になってるんじゃないのと思わせるような美技である。

美少年探偵団の美術班の、面目躍如と言ったところだろうか……、ただ、今はその職人技に感銘を受けている場合ではない。

見るべきは。

わたしが見るべきは、天才児くんが綺麗に引き裂いた紙幣の間から絨毯に落下した、紙片のほうだった。

紙幣とほぼ同じ大きさの、二つ折りにされた紙片——こうして見る限り、その材質も紙幣のそれと、同じもののようだけれど。

「どれどれ」

双頭院くんは、身を屈《かが》めて、その紙片をひょいと拾った。

美学しか知らないという彼氏は、恐れも知らないらしい。

更に恐れ知らずにも、畳まれていた紙片を、双頭院くんは開いた——たぶん、紙幣の間から落ちたものが爆弾の起爆装置であっても、彼は同じように『どれどれ』なんて、扱ったに違いないと思うくらい、手馴《てな》れた一連の動作だった。

「ほほう。これはこれは。諸君、これはどうやら招待状のようだぞ」

招待状？

8　招待状

おめでとうございます！

あなたは当カジノ『リーズナブル・ダウト』への入場チケットを手にされました。

毎週日曜日の深夜に開催しておりますので、どなたさまもお誘い合わせず、誰にも相談せずに、左記の会場まで平服でお越しください。

記

私立髪飾中学校

第二体育館

9　日曜日の予定

「詐欺《さぎ》っぽい！」

一言目から本音が出てしまった。

裏方に回って、美少年探偵団の動きを巧《たく》みにコントロールしようと悪巧みしていたわたしだったけれど、このぶんでは、そんな面従腹背《めんじゅうふくはい》を貫くことは難しそうだった。

いや、別にリーダーの決定に、すべて背を向けるつもりはないのだけれども。

でも、『おめでとうございます』って！

『当カジノ』って！

何これ、怪しくない部分が一行もない！

幸いここは、「まあ、怪しい文章ではあるよな――招待状は招待状でも、地獄への一本道へようこそって感じだぜ」と、不良くんが、シニカルな風に、わたしの本音を補強してくれた。

偽札の内側に入っていた招待状であることを考えると、その怪しさは尚更《なおさら》であり、殊更であり、今更でさえあった――疑わしさも、倍増倍増三倍増だった。

まあ、間にこんな手紙が挟まっていたことから、もはやあの十万円（そして百万円）が、偽札であることは疑いようもなくなったのだけれど——していると、天才児くんは次々、その偽札を裏表に引き裂いていた。

もしかしてそれを本業としているんじゃないかと思わせるほどの手際である——中学一年生の彼の本業は、勉強どころか、財団の運営なのだけれど。

もちろん、それらの紙幣の隙間《すきま》からも（隙間なんて、本当はないのに）、手紙がぽろぽろ落ちてくる——まるで手品を見せられているようだった。

そのまま全部の紙幣を引き裂くのかと思って見ていたけれど、彼はその手を、六枚目の紙幣で止めた。つまり、六枚の招待状がテーブル上に並んだところで、双頭院くんの後ろへと戻っていった。

六枚……、『どなたさまもお誘い合わせず、誰にも相談せず』と明記してあるからには、一枚につき一人だけ有効の招待状なのだろうから、つまり、六枚で六人分ということか？

へえ、六人か。

偶然にも、この美術室にいる人数と同じだね！

どうしてそこでやめたのかなあ？

「毎週日曜日に開催か。諸君、今度の日曜日の予定は空いているかね？」

「空いてるぜ」

「がらっがら」

「暇ですね」

なんでだ。

不良くんはともかく、生足くんは陸上部のエースだし、咲口先輩は生徒会長だろうに、スケジュールがそんな簡単に調整できるわけがないだろう。

元々、放課後にこうやって集まっていること自体、不自然な少年達なのだ——そう考えると、こんな事件にかかわるまでもなく、美少年探偵団は、風前《ふうぜん》の灯火《ともしび》みたいな組織である。

厄介な案件を持ち込んでしまったことも、そんなに気に病まなくていいのかもしれない——わたしが何をするまでもなく、逆に守ろうとしたところで、遠からず消滅する定めにある活動団体である。

まあ、だからと言って、わたしのせいで潰《つぶ》れるというのは、寝覚めが悪い。

「返事がないが、瞳島眉美くんはどうした？　何か予定はあるのかね？」

「あー……、どうだったかなー」

真っ白な生徒手帳を取り出して、スケジュールを確認する振りをするわたし。なんだこの小細工は——放課後の屋上に忍び込んでの天体観測という習慣を終えているわたしに、予定なんて大層なものがあるわけもないのに。

わけのわからない見栄《みえ》を張ったところで、嘘《うそ》をつくというのも、できないことじゃあない——週末はいつも避暑地に行くことになるのと言えば（冬も近いのに）、彼らに同行せずに済む。

しかしそれでは美少年探偵団を監視するという至上目的が果たせない——ここは正直に、素直になってカレンダーの空白を申告しよう。

「ふう。どうやら、なんとか調整可能みたい。三年先までスケジュールは詰まっているんだけれど、今度の日曜日の夜だけは、空けられそうだわ」

駄目だ。

正直と素直を、脳が受け付けない。

しかもその上、嘘も下手だった——卒業後まで予定が決まっている中学生なんて、いるわけないだろう。

見栄を張ることばかりが得意になってどうする。

「そうかい、それは何より」

ただ、あっさりと双頭院くんは、わたしの嘘を、笑顔で受け入れてくれた——この懐の深さがリーダーの、謎の人望の秘密なのかもしれない。

「よかろう！　では、日曜日の夜に、みんなで集合して、左記の会場に向かうとしよう

——ええっと、この漢字はなんと読むのかな？」

リーダーが漢字を読めなかった。

小学五年生なのだから、仕方ないと言えば仕方ないけれども——ろくに文面も読めないままに、彼は招待状の招待に応じるつもりになっていたのか。

向こう見ず過ぎる。

「『かみかざりちゅうがっこう』『だいにたいいくかん』ですよ、団長」

副団長からのヘルプに、双頭院くんは、

「かみかざりちゅうがっこう？　はて、どこかで聞いたような校名だな。かつて事件でかかわったことがあっただろうか……、ふふ、なにやら漠然と因縁《いんねん》を感じるな」

と、思案顔をした。

顔だけ見れば、事件の真相に迫ったときの名探偵のごとくだが、しかし、かつて事件でかかわったことがあったもなかったもない。

髪飾中学校は、この指輪学園のそばにある、別の中学校である——漠然どころか、すごく具体的な因縁だった。

それこそ屋上にのぼれば、その校舎が見えるくらいの距離感である（わたしの視力ならば、だけれど）。

……ただし、ご近所さんだからと言って、仲良しさんだと言うわけではない——むしろ、両校は伝統的に不仲で、対立している。

不仲さんだ。

思い返してみれば、先日、わたしと双頭院くんは、探偵行動中に、髪飾中学校の生徒達に絡まれそうになったこともあったじゃあないか——それをこの団長は、すっかり忘れているようだ。

美しいものしか記憶に残らないのだろうか。

しかし、リーダーの脳内はともかく（そんな重大なものをともかくとしていいのかどうかはともかく）、招待状に書かれていたその校名は、実を言うと、わたしに、強烈な不自然さを感じさせるものではなかった。

さっきは勢いでこの招待状には怪しくない部分が一行もないと思ってしまったけれど、唯一、その会場名『髪飾中学校第二体育館』という部分だけは、むしろこの招待状に、一定の説得力を持たせていた。

というのも、聞いたことがあるのだ。

かの中学校では、夜な夜な賭《か》け事《ごと》がおこなわれていて、とても治安が悪いから、女子は絶対に近づいてはならないというような、なんとも不穏な噂《うわさ》を——『夜な夜な』という部分は、まあ、尾鰭《おひれ》がついた部分だったとしても。

指輪学園における美少年探偵団の存在と同じくらい信憑《しんぴょう》性の低い噂ではあったけれど、

しかし、美少年探偵団が存在した以上、髪飾中学校にそんなカジノホールが存在していても、矛盾するほどには不思議ではない。

ただ、だとしたら、『女子は絶対に近づいてはならない』という、付随する但し書きを、果たしてどうとらえるべきかということになるんだけれど……。

「いいんじゃねーの？　今のお前は女子じゃなくって、美少年なんだから」

ぶっきらぼうに、不良くんがそんな悪態《あくたい》をついてから、「まあ、俺らが一緒なんだから、滅多なことはないだろうよ」と付け加えた――この不良くんは、一回悪ぶってからじゃないと、気遣いができないのだろうか。

「そうそう。ボク達が一緒なんだしー、瞳島ちゃんは心配しなくっていいよー」

気楽そうに言う生足くん。

いや、それを言うなら、わたしよりもきみのほうが、よっぽど身の危険を感じるべきだと思う――四年に一度のペースで誘拐被害にあっている彼には、治安のよろしくない地域に出向くにあたっては何をおいても、自分の心配をしろと言いたい。

「ま、偽札とは言え、そして半分以上引き裂いてしまったとは言え、サラリーマン氏に十万円を突き返すためには、行かざるを得ないでしょうね――」

生徒会長先輩は、そんな風に言った。

そう言えば、元々はそういう話だった――精密過ぎる偽札の制作事情を探る潜入調査に向かうわけではなく、根本的にはわたしがお願いした人探しに端《たん》を発している。

どこか憂鬱《ゆううつ》そうにも見えるのは、学園で役職についている彼は、当然わたし以上に不穏な噂を把握していて、だから髪飾中学校に向かうことの、現実的な脅威を計算しているのかもしれない。

あるいはあんな風にふたつ返事で承諾していたけれど、しかし日曜日の夜には、本当は婚約者とデートの予定でも入っていたのかもしれない——だとすればわたし達は、一人の女の子を変質者の魔の手から救ったとも言えた。

なにもしてないのにいいことをしたみたいな気分になる。

「指輪学園と髪飾中学校との関係性を思うと、さすがに、制服で行くわけにはいかないでしょうね——『平服でお越しください』と書いてありますが」

「平服ってどんな服だっけ？　私服ってこと？　ボク、私服ならショートパンツ以外持ってないけれど」

本当は靴だって履きたくないという、制服でもショートパンツの男の子は、そんな常識のないことを言った——いや、ここで考えるべきは、ショートパンツの定義ではなく、平服の定義だ。

もちろん、平服は私服で、普段着という意味なのだけれど、だからと言って、本当に砕《くだ》けた服装で会場に向かえば、赤っ恥をかくことになる。

「ほどほどの正装って意味よ」

わたしが言うと、

「なるほど、ほどほどか」

と、頷いたのは双頭院くんだった。

ほどほどに不安な頷きだった。

10　ほどほどの平服

そんなわけでわたし達はあれよあれよと、日曜日の夜、他の中学校の体育館を訪ねることになったのだけれど、わたしに限っては、出掛けるその前にひと工程、必要になるのだった。

既に何度も述べた通り、わたしこと指輪学園二年B組瞳島眉美は現在、男装して生活している――しかしこの男装は、わたしが自らおこなっているもので、あまり精度が高いとは言い難い。

遠目にならば男子生徒に見えるかもしれないけれど、間近で長時間見られれば、まあ、スラックスの制服を着ようと、頭を短髪に切り揃えようと、女の子であることはばれる。

少なくとも、ひねくれ者であることや偏屈者であること、性格が悪いことや根暗なことよりも、瞳島眉美が女子であることは、露見しやすいだろう。

なので、いざ美少年探偵団のメンバーとして、危険地域に乗り込むとなれば（髪飾中学校に指輪学園の生徒が乗り込むにあたって当然、考慮すべき安全面を差し引いても、美少年探偵団のメンバーとして彼らの活動に同行するだけで、十分危険と言うべきだろう）、もうちょっと、いや飛躍的に、男装の精度をあげておく必要があった。

ちょっとやそっとじゃ、女子であるとバレないように、わたしを仕上げてもらう必要があった――そうなると、美術班の出番である。

美術のソーサク。

ひょっとすると、あるいは結構な確率で、わたしをメンバーとして認めてくれていないかもしれない、あの天才児くんにお願いしなくてはならなかった――なにせ、先日、わたしを生まれて初めて男装せしめたのが、彼なのだから。

好き嫌いはともかく、少なくとも彼は自身の芸術の素材としてのわたしは認めてくれているらしく、日曜日当日、美術室に先乗りしたわたしを、見事に男の子へとメタモルフォーゼさせてくれた。

驚愕《きょうがく》のメイク術と、驚嘆すべきヘアカットの腕前だった――って、今回はウィッグとかじゃなくて、実際に切っちゃうの？　自分では、もうだいぶ短くしたつもりでいたんだけど？

そして天才児くんがわたしの体型に合わせてあつらえてくれた、あつらえてくれたどころか、たぶん自らミシンを動かして縫製してくれたと思われる『平服』を着用する――だいたい予想した通りの『平服』だった。

指輪財団の御曹司である彼にとっては、こんなのは平服どころか部屋着なのかもしれなかったけれど、しかしわたしのような庶民にとっては、ドレスアップ以外の何着でもなかった。

もちろん、指輪くん本人も、その後美術室に、三々五々に集合したメンバーも、およそ平服とは思えない、パーティ衣装を身にまとっていった（たぶん全部、専属スタイリストのオートクチュールだ）。生足くんのショートパンツも、パリコレのごとく仕立てられていて、カジュアルには見えない。

色とりどりのいろどりで、視力を発揮しなくとも、目が潰されそうだった――それが『ほどほど』だと言うのなら、いつの日か、彼らのインフォーマルを見てみたいものだった。

「お、瞳島眉美くん、仕上げてもらっているじゃないか。ははは、きみのお陰でソーサクも満足げだ。仲間同士の美しい交流だねえ！」

いつでも上機嫌な双頭院くんは、今夜は特にご機嫌麗しいようだった――指輪くんが本当に満足しているのかどうかは、神のみぞ知るところだったが。

「では諸君、参ろうか！　美少年探偵団、出動だ！　いつもそうしているように、今夜もまた！　美しく、少年のように、探偵をしようではないか！」

あいよ、はーい、ええそうですねと、不良くんと生足くんと生徒会長先輩が、団長のそんなかけ声に続く——天才児くんは、無言のままにそのあとに続いた。

そんな息のあったチームワークを見るたび、そこにわたしの割り込む余地なんてないように思え、引け目を感じずにはいられないのだけれど、しかし、今のわたしは芸術家のお陰さまで、たとえガワだけであれ、美少年である。

美観のマユミだ。

なので、

「そして団《チーム》でいよう」

と、せめてそうつぶやいてから、彼らの出立《しゅったつ》に同道するのだった。

11　テリトリー

「『排他的経済水域』なんて言っているうちは、国家間に真の友情なんてねえ」

とは、偉人でもなんでもない、うちの学校の風刺家の台詞だけれど、まあ中学校同士の間でさえ、『こっからこっちに這入っちゃ駄目！』と言ったような縄張り意識があるのだから、なにをかいわんやという気もする。

　しかしわたしを含む美少年探偵団一行は、その夜、そんな線を悠々と突破して、私立指輪学園のテリトリーから、私立髪飾中学校のテリトリーへと踏み込んだのだった。

　男装していても、どきどきする。

　夜中、校舎の屋上にこそこそ忍び込んでいたときよりも、よっぽど悪さをしているかのようだった――ましてこれから、籍を置いていない中学校の中にさえ、這入ろうというのだから。

「み、みんなは、這入ったことあるの？　髪飾中学校の、校内に……」

あまりに堂々とした彼らの振る舞いに、かつての美少年探偵団の事件簿の中に、そういった事案もあったのかと思ったけれど、

「いえ、ぜんぜん」

　と、咲口先輩は言った。

「かかわりがなかったわけではありませんが、こうしてお邪魔するのは初めてですね」

だとすれば五人とも、線は細い癖に、肝の太いことだ――わたしなんか、怒られるんじゃないかと、戦々恐々なのに。

「大丈夫ですよ。これでも私は、生徒会長ですからね――付近でおこなわれている不穏な活動の調査という言い訳は通ります」

表世界での権力を持ち、学校側からの信任を得ている美少年探偵団の副団長は、意外と如才なかった——それを言うなら、美少年探偵団こそ、不穏な活動をおこなっている組織なのだけれど。

「はっはっは。安心したまえ、瞳島眉美くん。僕達は怒られたりしない。美しいことが罪だと言うなら、別だがね！」

副団長の配慮をよそに、団長はハイテンションだった——美しいことが罪かどうかは知らないが、まあ、そもそも小学生の身で中学校の校舎の中で我が物顔に振る舞っている彼には、他の中学校に忍び込むことに、とりたてて後ろめたさなんてないのかもしれない。

「ソーサクも楽しそうでよかったよ。このぶんじゃあ、今夜はひょっとすると、創作ダンスが見られるかもしれないな！」

いや、彼はいつも通りに見えるんだけど……。

創作ダンスって。

踊るの？　天才児くんが？

それとも、彼らの衣装が仕舞われている簞笥《たんす》のことだろうか。

「忍び込むっつっても、校門はがら開きだったし、でも駐車場には一台もクルマはなくって、先生サマ達はお帰りになってるみたいだし、むしろいらっしゃいませって感じなんじゃねーの？」

探偵団のメンバーだからか、それとも悪事慣れしているからなのか、不良くんがそんなことを言った——さりげなく周囲に、目を配っていたらしい。

まあ、招待状をもらってきたのだ。

ここで門が閉ざされていたらお話にならないというものである——ならなければならないでいいのだけれど、それではこの本が世に出ない。そんなわけでわたし達は、他校の校内を歩いて、招待状に書かれていた地図に従って、会場である第二体育館に到着した。

女子の間でまことしやかに流れる噂では、髪飾中学校の内部には地獄絵図のような光景が広がっているはずだったのだが、居並ぶ校舎も、整えられた花壇も、そして問題の第二体育館も、実に清潔なものだった——噂とはアテにならないものだ。

美少年探偵団にまつわる噂は、ならば真実をついているのか、いないのか——今のところは、なんとも判断しかねる。

「カーテンが引かれてるから、中で何やってるか、わっかんないね——しょうがない、こりゃあ這入ってみるしかないかぁ」

生足くんは——もう冬が見えているこの季節の夜半にも生足の生足くんは、むしろわくわくした風に言う。

駆けることが好きな美脚は、賭けることも好きなのかもしれない。

まあ、その気になれば、わたしは（眼鏡を外せば）厚手のカーテンはおろか、体育館の壁くらいならある程度見透かして、中の様子をうかがうことはできなくもないのだけれど、ここでそんな興ざめなことをしても、意味はあるまい。

わたし達はぐるっと、正面入り口に回り込んで、カーテン同様に閉じられていた、体育館の鉄扉《てっぴ》に手をかけた——そして。

12 カジノホール『リーズナブル・ダウト』

夜中の学校、その体育館でカジノが開催されているなんて絵空事が、もしも現実にあるとしても、視力にくらべてあまりに貧弱なわたしの想像力では、それがどんな様子なのかは、扉を開けるそのときまで、まったくイメージできていなかった。

強いていえば、なんとなく、学校の文化祭みたいな場所を思い浮かべていた——手作り感あふれる、あたたかみのある微笑ましいものだ。

しかし広がっていた光景は、そんな牧歌的な青写真とは、まったく様相をことにするものだった——髪飾中学校の第二体育館の中身は、おそろしいまでに本格的な『カジノ』だった。

ポーカーテーブルやスロットマシーン、ルーレット台と言った、映画で見るようなあれこれが等間隔に並べられていて、カードを切るディーラー達も完璧《かんぺき》な振る舞いで、そのものと言える衣装に身を包んでいた。飲み物を運ぶバニーガールまでいるのだから、恐れ入る。

客の数も少なくない。

ざっと見た限り、遊んでいる人数は五十人前後、ディーラーは十人くらいと言ったところだろうか——思いの外の賑《にぎ》わいだったし、騒がしさだった。

天井のライトは最大光量を発しているし、インストゥルメンタルのＢＧＭも、最大音量で流されている——夜中の学校というロケーションだというのに、まったくこそこそした様子がない。

別天地のような有様だった。

まるで体育館の扉が『どこでもドア』で、ラスベガスのホテルに繋がっていたかのようである——だが、そうではない数少ない証拠として、遊んでいる客層も、従業員も（バニーガールも）、年齢が総じて若いという点があげられた。

みな、気取って着飾っているが。

しかし、どう見ても十代——いや。

率直に言えば、中学生くらいの男子女子だった。

そこだけ取り上げれば、なるほど、かろうじて文化祭のようでもあったけれど——いったいこの光景を作り出すのに、どれだけの資金が必要とされたのか、見当もつかない。

先日、美術室の扉を開いたときに広がっていた別世界と、いい勝負である。いや、資金はともかく、スケールだけで言うならば、このように体育館を占拠し、改装してしまっているこのカジノのほうが、あるいは大規模かもしれない。

「いらっしゃいませ、お客様」

と、唖然《あぜん》としているわたしに、バニーガールが声をかけてきた。

女子同士でもどきっとする格好だ。

まして今のわたしは男の子だった。

この場合、美少年としてはどう振る舞うべきなのだろう——と、横の五人をうかがってみると、みんな、奥で既に開始されているゲームのほうにご執心《しゅうしん》のようで、バニーちゃんには目も向けていなかった。

子供か。

いや、少年なのか。

生足くんは、あとから、ここでバニーちゃんを見なかったことを後悔するかもしれないけれども、まあ、彼女の網タイツを守るためにも、ここはわたしが話を聞くしかなさそうだ。

説明書を読まずにゲームを始めるタイプの少年達のために、わたしがチュートリアルを担当しようではないか。

「失礼ですが、招待状はお持ちですか?」

「あ、はい……ここに」

化粧と、それからウサ耳のせいで大人っぽく見えるけれど(変な理屈だ)、ひょっとしたらこの子、年下かもしれないなんて思いつつ、わたしは六枚の招待状を、彼女に手渡した。

「はい。確かに。ありがとうございます」

と、彼女は笑顔を浮かべた。

「では、ステージの右にチップ交換所がございますので、そちらにどうぞ——換金所は左になります」

換金所。

その言葉に、わたしのほほは、少しひきつる。

ああ、そうだ。

客も従業員も若い——下手をすれば幼《おさな》くさえあるから、どれだけ本格的な賭場《とば》であろうと、どこかで文化祭感と言うか、子供の遊び感を持とうとしていたわたしだったが、違うのだ。

やっぱり違う。

ここまで本格的な投資がされているカジノが、子供の遊びであるはずがない——現実のお金が動いている。

偽札などではなく。

否、偽札でさえ、大金を投資して、作り上げられたものだ——あの招待状だって、遊び心の産物というには、あまりにも。

「飲み物は無料になりますので、ご自由にどうぞ。そのほかにも、お困りのことや、わからないことがありましたら、なんでも遠慮なくお申し付けください——それから」

と、バニーちゃんは、マスクを数枚、取り出した。

風邪を引かないために装着するマスクではなく、むしろ口元ではなく、目元を隠すためのマスクだ——夜会で上流階級の人がつけていそうなマスク。

極めてわかりやすく言うと、タキシード仮面様がしているような仮面だった。

「当カジノでは、写真撮影や動画撮影は禁止されておりますが、それでももしもプライバシーが気になるようでしたら、こちらのマスクを貸し出しております。いかがなされますか？」

「いかがも何も……」

そう言えば、遊んでいる客の中には、そんなマスクを着用している子も、相当数いる——ドレスアップされた姿になじんでいて、そんなに気になっていなかったけれど、こうして見ると、その匿名性は異様でもあった。

「どうする、みんな？」

わたしはメンバーのほうを向いた。

「え？　ま、マスク？　か、顔を隠す？　……な、なんのためにかね？」

双頭院リーダーが、珍しく動揺をあらわにしていた——この美貌《びぼう》を隠すなんて愚行に、いったいどういう意味があるのか、まったく理解に苦しむといわんばかりだった。

匿名性なんてぜんぜん考慮していない。

「ま、リーダーがそう言うのなら」

と、咲口先輩は肩を竦《すく》めた。

表で役職を持っている彼の場合、逆説的に顔が売れているとも言えるのだが、あくまでもリーダーの顔を立てるらしい——文字通り顔を。

まあ、土台、美少年探偵団に隠密《おんみつ》活動なんて無理か——たとえ仮面をつけようと、とても覆い隠せない華やかさを持つ五人組である。

親に怒られることを普通に怖がっているわたしとしては、ぶっちゃけ、マスクが欲しいと思わなくもなかったけれども、ここで足並みは乱せない——いいだろう、どうせ、将来を夢見ることを諦《あきら》めた身だ。

「必要ありません。隠し立てするようなことはありませんから」

「そうですか」

と、バニーちゃん。

仕事を心から誇りに思っている風だった。

「では、カジノホール『リーズナブル・ダウト』を、存分にお楽しみください。エンジョイ！」

13 オープン・ザ・ゲーム

エンジョイ！

と言われても、こちらは夜遊びなんてしたことのない、星ばっかり見ていた根暗女子である——カジノホールに放り込まれても、どんな風な立ち居振る舞いが正しいのか、さっぱり見当がつかなかった。

だが、男の子達は、

「見ててもしょーがねーだろ。ここは適当に遊んで、その辺の奴《やつ》らから情報を集めるって作戦なんじゃねーの？」

「そうだねー。適当に遊ぼう。適当に遊ぼう」

「ちゃんと情報も集めてください、ヒョータくん。当初の目的を見失わずに」

「はっはっは！　さて、どんな風に賭けるのか、ここが美学の見せどころだね！　よく美学《まな》び、よく美遊《あそ》べだ！」

と、それぞれに動き始めた——既に天才児くんは、チップ交換所の列に並んでいる。

創作ダンスこそ見せないものの、芸術家として、あの偽札の出所に一番関心を持っているのは、存外、天才児くんなのかもしれなかった。

チップの交換レートは、百円から。

百円と言われると、今では缶ジュースも買えないような小額に聞こえてしまいかねないけれど、これは結構、安からぬミニマムレートである。

かなり雑に、一ドル＝百円と考えたら、本場のラスベガスのミニマムレートと同額なのだから——設備も本格的なら、レートも本格的というのだから、この時点でもう、中学校の体育館でおこなわれるようなイベント性を、完全に凌駕《りょうが》している。

それは、ディーラー達の腕前を見ても、瞭然だった——カードを取り落とすとか、ボールをルーレットのホイールに入れ損《そこ》なうとか、そんなミスはまったく見せない。

プロのディーラーを知っているわけじゃあないけれど、実際、プロさながらだった——先ほどのバニーちゃんと言い、設備にかけられているお金だけではなく、従業員の程度も、意識も高い。

真に迫っている。

さておき、マスクをつけない男の子達は、まずはひとり千円ずつ、チップに交換した

——これで、手持ちのチップは、それぞれ十枚。

「うーん……」

美少年探偵団の活動費ということになるのだろうけれど、しかしこうして現金が、現実に動いているのを見ると、考えてしまう。

わたしがあのサラリーマン氏が落とした偽札の束を拾ったことで、今、五千円という金額が、天下を巡ったわけだ。

詐欺だとすれば手が込んでいるし、費用対効果をまったく無視しているけれど、今、少なくともわたし達は、五千円を失った——あとで取り戻せるかどうかもわからない五千円は、空気みたいに消えた。

なんだか、ぺてんにかけられたような気もするけれど、しかしこれで、相手が得をしたのかどうかは定かではない——だいたい、『相手』なんて、いるのかどうかも定かではない。

それを知るためにも、ここは踏み込んでみるしかないのだから、彼らの行動は、適切とも言える——なので、わたしも彼らに続いて、千円札をチップに崩そうかと思ったのだが、

「いや、瞳島眉美くん。きみは見学だよ」

と、リーダーからお達しがあった。

え？　見学？

まさかここにきて、中学生の身でギャンブルなんてするべきではないと、エシカルなことを言い出すのか？　自分達のことは棚にあげて？

「いやいや。楽しんでもらいたいのはやまやまだけれど、しかしどんなゲームをするにしても、きみの視力は反則ではないかね、美観のマユミ。スロットやルーレットの回転やダイスの転がり、カードの裏までを見透かせるきみが、お金を賭けてカジノで遊ぶのは問題があるよ」

「う……」

そりゃそう過ぎて、言葉もない。

ただの遊びならともかく、お金を賭けちゃあ、確かに駄目だ──『眼鏡で視力は封じられているから』なんて言い抜けは、友達同士の間でしか通用しないだろう。

たまに、思い出したように、まともなこと言うんだよな、この小五郎。

だったらなんで連れてきたんだよ。

お留守番させてよ。

まあ、美少年探偵団の動向を監視せんと、自ら望んで同行してきたのだから、そこで文句を言うのも筋違いではあるし、雰囲気に飲まれてうかつにもちょっとやる気を見せてしまったけれども、しかし立ち返ってみれば、わたしは別に、こういうゲームが好きというわけではなかった。

スマホのデジタルゲームさえやらないわたしは（だってスマホを持っていない）、だからと言って、とりたててローテクなゲームを好んでいるというわけじゃあ、決してない——このカジノホールに居並ぶゲームの、大半の、いやほとんどのルールを把握していないと言っていい。

なので見学は、望むところだと言えば望むところだ。

美少年探偵団の保護者として（ああ、なんて名誉ある称号なのだろう）、彼らを見守ることに徹しよう——わたしはお財布から取り出しかけた千円札を、しまい直した。

無駄遣いせずに済んだわけだ。

となると、五人の美少年が、このような場でどのように粋に振る舞うものなのか、単純な興味もあった——美学、美声、美脚、美食、美術と、それぞれ、特技を持つ彼らではあるけれど、それがゲームに向いているかどうかと言えば、疑問でもある——あくまでも情報収集の手段だとは言え、彼らはこういう場で、どういう風に遊ぶものなのだろう？

遊びもせずにぼんやり棒立ちで見張っていると、それはそれで目立ちそうだったので、わたしはホール内をうろうろしながら、様子をうかがう——バニーちゃんからオレンジジュースの入ったグラス（グラスはワイングラスだった）を、受け取りつつ。

「おや」

と、そこで思わず声が出た。

一瞬、わたしがリゾート気分を味わっている隙に、リーダーの双頭院くんが、ブラックジャックのテーブルに座っていたからだ——よりにもよってブラックジャックか。

難しそうなのを選ぶなあ。

他人のことは言えないけれど、双頭院くん、ちゃんとルールわかっているのかな？

尊大とも言える振る舞いに、ときに忘れてしまいそうになるけれど、双頭院くんはあくまでも小学五年生だから、そうやって椅子《いす》に座ると足が浮くことはなはだしく、どこか滑稽《こっけい》でもあったのだけれど、しかし、それでいてその姿は不思議とさまになっていた。

振る舞いが大人と言うか、紳士的だ。

遊んでいるというより、嗜んでいるという風。

ブラックジャックというゲームも、そういう意味では、彼にお似合いのように思えた——わたしからすれば、それはやっぱり、お医者さんの名前なんだけれど。

副団長の咲口先輩は、その隣のポーカー台で、遊んでいた。

ポーカーなら、わたしも少しは知っている。役をいくつか知っている程度で、細かいルールまで知っているわけじゃあないけれど……、それに、聞いた話では、日本で定着しているルールは、国際的には通用しないらしい。

なんだか、自分達の知っているルールがローカルルールだっていうのは、なんとなく凹《へこ》む話だけれど、それはともかく、これは咲口先輩らしいセレクトのように思えた。

前回、口八丁のはったりで、犯罪者グループと渡り合った生徒会長の、文字通りのポーカーフェイスは、ルールがどうあれ、ポーカー向きであることに違いはなかろう——博識な彼なら、国際ルールにも、きちんと対応できることだろうし。

心配なのは、任務を忘れて、ただ遊んでいそうな生足くんだったけれども……、彼はルーレット台に張りついていた。

まあ、カジノで一番わかりやすいゲームかもしれない——賭けるだけなら、わたしでもできる。それでも賭けかたに、コツや工夫は必要なのだろうが、生足くんはわたし以上に、ルールを把握しているのかどうか怪しく、はっきり言えば、適当に賭けているようにしか見えない。

それはそれで遊びかたなのかな、可愛らしいな——なんて、年下の後輩の、稚拙な様子を、微笑《ほほえ》ましく思ったわたしだったけれど、しかしよくよく見たら、彼の行為はそんな可愛らしいものではなかった。

適当に賭けているのではなく、生足くんは、いわゆる『逆張り』ばかりをしているようだった——他の客が賭けた数字や色の、対角線の位置ばかりにチップを置いている。

うわあ……。

あれは、やられたら嫌だ……。

勝つために賭けていると言うよりも、場を混乱させて、客の心をかき乱して、生足くんは遊んでいるようだった——天使みたいな顔をして、実のところ彼は、美少年探偵団で一番性格が悪いんじゃないだろうか。

ただ、双頭院くんや咲口先輩の様子を見ていてもそうなのだけれど、カジノホールとは、決してディーラーと客、いわゆる親と子だけの遊びじゃあないというのを、まざまざと理解させられる光景でもあった——『見知らぬ、他の客』という要素が、欠かせない条件のようだった。

『他の客の前で大きく勝って格好つけたい』とか、『他の客より大きく賭けたい』とか、そんな気持ちが働いている——勝つことと同じくらい、そんな周囲の目を意識しているように、わたしには見えた。

遊び。

まあ、本気でギャンブルで、一攫千金《いっかくせんきん》を望むような人間は、そうはいないということなのかもしれない——だとすれば、生足くんの遊びかたは、あそこまで徹底していなければ、ある程度は一般的なそれなのだろう。

だからきっと、あの態度の悪い不良くんも、こういう盛り場では、楽しく朗らかに遊んでいるんじゃないかと探してみたが、彼はバカラのテーブル台から、離れるところだった。

バカラ……、ええっと、どういう遊びだ？

ブラックジャックやポーカーならまだしも、ぜんぜん知らない、お洒落《しゃれ》なグラスの名前としてしか知らないような名前だけれど……。

数字が大きいか小さいかを賭けるんだっけ？

ちょうど区切りがついたみたいだし、不良くんに訊いてみようかと、声をかけようと近づいたところで、わたしはUターンした。

彼がすさまじく凶悪な顔をしていたからだ。

番長らしい風格のある、唇《くちびる》を真一文字に引き締めた彼は、肩を怒らせて、肩以外のすべてを怒らせて、袋井満は再びチップ交換所に向かっているのだった。

さながらその様子は、野生の獣のようだった。

「………」

まだ遊び始めて十分もたっていないのに、千円分のチップを使い切ってしまったらしい——一分ごとに百円失うという、絵に描いたような大敗を喫したようだ。

近寄りがたいオーラを発する背中ではあるけれど、しかし同時に、それは完全なる敗者の姿だった——しかも、手持ちの現金を更にチップに交換し、リベンジするつもりらしかった。

その不屈の精神は、わたしから見れば見上げたものだったが、カジノホールから見ればいいカモなのではなかろうか。

友達として、やめたほうがいい、バカラのルールを知っているのなら、損切りルールも知っておいてと忠告してあげるのが筋なのだろうけれど、ごめん、怖いから無理。

正直、友達をやめたくなるレベルの背中だ。

まあまあ、美少年探偵団の仲間ではあっても、よく考えたら彼とはまだ友達ってわけじゃないしねーと、わたしは、そそくさ、危険人物から離れる。

所持金を使い果たして、すってんてんになったところを慰めてあげて、人間関係的に優位に立とうと、悪辣《あくらつ》なことを企《たくら》みつつ、わたしはメンバー最後のひとり、天才児くんの姿を探す——あの子、気配を消すのがうまいから、一度見失うと、なかなか発見できないんだよね。

いっそ眼鏡を外して探そうかと思い始めたところで、スロットの前で座っている彼の姿を見つけた——スロットか。

テーブルでやるゲームとは違って、これは、他の客との駆け引きどころか、ディーラーとの勝負でさえない。

機械を相手にした、完全なる一人遊びだ。

ビデオゲームみたいなもの——いや、ビデオゲームだって、最近は、オンラインで他のプレイヤーと繋がっているものなのに。

なんというか。

やっぱり、基本的に一人で遊ぶのが好きな子なんだろうな——巨大な財団の事実上の理事長だなんて、どれだけ才知に満ち満ちていようとも、本人にとっては柄じゃあないに違いない。

皿を作ったり、絵を描いたり、あとはそう、まあ、根暗な女の子を美少年に仕立て上げたりするほうが、彼の嗜好にマッチしている……、そう思うと、才能というのは本当に難しい。

わたしの目もしかり。

彼のような異彩を放つ経歴を持つ男子が、正体不明な美少年探偵団に所属しているのも、ひょっとするとそのあたりに事情があるのかもしれない——そう思うと、共通点などなにひとつなさそうな指輪くんとわたしは、僭越《せんえつ》ながら、似た者同士なのかもしれなかった。

本当に僭越だけれど。

……ただし、天才児くんの天才性は、あまりギャンブル向きではないようで、スロットの途中経過のほうは、まあ、特筆すべき点はないというか、勝ったり負けたりとんとんという感じみたいだ。

そもそも、こういうゲームってバランスだから、基本的には、大勝も大敗もできないような仕組みになっていると聞く――すべての客が、ちょっとマイナスになって帰るというのが、理想的なカジノホールのありかたなのだそうだ。

負けた客にも、楽しい気分で帰ってもらう。

このカジノホール『リーズナブル・ダウト』は、見る限り、ある程度はそれを、実現しているわけだ――もちろん中には、有り金をすべてすってしまいそうな、不良番長もいるわけだけれど。

うん。

まあ、なんて言うか、こうして見る限りは、健全だ――集まった子供達から、お小遣いをすべて巻き上げてやれというような、その手の悪辣さは感じない。

遊んでいる客も、働いている従業員も、みな一様に、楽しそうで、充実している風である――まぶしいくらいに。

さながらパーティ会場のようだ。

偽札の束とかがスタート地点だったから、社会の裏側に踏み込むような戦々恐々の気後れもあったのだけれど、そういう意味では、拍子抜けである。

わたしにとっては、こういう華やかな盛り場は、異邦の地に迷い込んでしまったみたいで、いたたまれないくらい居心地が悪いのだが、みんなが楽しそうなら、それでいいんじゃないかという気にもなってくる。

「…………………………………………………………………………………………」


でももちろん違法だからね？

賭博《とばく》罪。

賭博場開帳罪。

結構な大罪である。

こんなにも堂々としているから、つい見逃しそうになるけれど、今、ここに法執行機関が踏み込んできたなら、一人残らずお縄である。

お客もディーラーも。

バニーちゃんも。

一応、撮影禁止とか、マスクとか、そういう配慮はなされているようだけれど、なんだかそれも、おざなりな気がする。

あと、見回って気づいたこととして、さりげなくカジノホールのあちこちに、私服警備員みたいな子もいるようだが（私服と言っても、むろんエレガントなそれだが）、それは客同士でいざこざがあったときに備えてのもので、まさか公的権力に対するためでもあるまい。

うーん……、違法性に対する後ろめたさ、ではないにしても、用心みたいなものが、こんなになされてなくて、大丈夫なのだろうかと、こうなると、他人事《ひとごと》ながら、不安になってくる。

他人事どころか、わたしは潜入調査にやってきたメンバーのひとりなのだけれど……。

「お客様。何か、心配事でも?」

と。

そこで声をかけられ、わたしはびくっとなる。

14 サラリーマン氏、もとい

ホール内をぐるりと見回って、小休止と言うか、それとなく壁にもたれかかっているところだった——さして気を緩めていたつもりもないのに、しかし気がつけば、いつの間にか、隣に立たれていた。

サラリーマン氏だった。

先日の、ことの発端《ほったん》とも言える、忘れるはずもない、オールバックの男性である。

「あ、あ、あ——」

動揺を露《あら》わにしてしまう。

咄嗟《とっさ》に適切な対応ができない。

いや、これは予定調和と言うか、当然あるべき、覚悟しておくべき、展開例だった――わたし達は遊びにきたわけではない（生足くんを除く）。

偽札の束を落とし、その一割をわたしに渡すというような、不可解な行動をとった彼を――コストパフォーマンスに合わない偽札の中に、招待状を潜ませるというような行動の真意を探るために来たのだから。

だからここで、当の本人に対面することは、実に必然的なのだ――ただ、まさか、一人でいるときに直面することになろうとは思っていなかった。

覚悟していなかった――なので、思いの外狼狽してしまったのだ。

しかしそんなわたしをよそに、サラリーマン氏は、

「あまり、楽しんでいただけていないようですが、どうされましたか？　お客様」

と、恭《うやうや》しい口調で言ってくる。

恭し過ぎて、落ち着かない気分になる。

「あ、いえ、楽しんでいないわけではなく……」

へどもどしながら、わたしはなんとか、返答らしきものを発する。

相手のポジションがわからないので、態度を決めかねるというのもあった――わたしのことを『お客様』と呼んでいるし、言っていることはカジノの運営側のようであり、服装も、先日会ったときの背広とうって変わった正装だった。

ドレスアップしている招待客よりも、ある種、ドレスアップしているようでもある——

あの日感じた違和感は、変わらずあるのだけれど、それが何かはわからない。

「た、ただ、わた……、俺、その、ルールをよく知らないので。友達についてきただけで……」

すんでのところで今の自分の格好を思い出し、『わたし』と言い掛けて、慌てふためいて、『俺』と言い直す。

今のわたしは美少年。

まあ、生徒会長くらい物腰が大人びていたなら、一人称が、いっそ『私』でもおかしくはないだろうけれども。

「ふむ。友達ね」

と、彼は意味深に頷いてから、

「では、この僕がもてなしましょう——童心に返って、オセロなど、いかがです?」

と、ホール脇《わき》のテーブルを示した。

休憩所のようなスペースで、そこまではまだ、わたしは見回っていなかったのだけれど、見ればテーブルの上には、将棋盤や碁盤が置かれていた——サラリーマン氏が言う、オセロ盤も。

おお。

さすがにオセロのルールくらいなら知ってるぞ。

アホじゃないんだ。

「で、でも——あの、あなたは」

ただ、ここではいほいついていくようでは、先日、十万円（偽札、招待状入り）を押しつけられたときから成長が見られない——せめて相手の素性《すじょう》を確認しないとと、たどたどしくもわたしが、そう問いただすと、「これは失礼」と答えた。

「僕は、このカジノホールの支配人をさせていただいております、札槻《ふだつき》というものです」

「札付き？」

「同時に、この髪飾中学校の生徒会長でもありますがね——どうぞ、こちらに」

さらりとそう言って、テーブルへとわたしを案内するサラリーマン氏——いや、って、え、え？　生徒会長？

じゃあ、サラリーマンじゃないじゃん！

中学生じゃん！

感じていた違和感の正体はそれか、子供っぽいどころか本当に子供じゃないか、と思いながら、わたしは彼についていく——でも、中学生？

「ふふふ。大人びて見えるように、化粧をしていますからね——何にでもなれますよ」

そんなことを言われて、なんだか、わたしの男装のことを指摘されたかのようで、どきりとした――まあ、中学生に混じっても違和感のない小学五年生がいるのだから、背広や正装の似合う中学生がいても、不思議じゃあないけれど……、ええっと、生徒会長ということは、三年生？

「いえ、二年生ですよ。うちは世代交代が早いですから――指輪学園と違って」

「…………」

わたしが指輪学園の生徒であることは、露見しているようだった――まあ、前に会ったとき、わたしは制服を着ていたから、それはバレていて当然なのかもしれなかったけれど。

ただ、彼――札槻くんは、どうやらそのときのことを覚えているらしい。

わたしのことを覚えていて、それで声をかけてきたのかと思うと、にわかに緊張する――元より緊張はしているのだけれど、彼はカジノホールの支配人として、ただ『退屈そうな客』に気遣いを見せた、というわけではないのかもしれない。

だとすれば、心してかからねば。

美少年探偵団のメンバーとして。

……他のメンバーが全員遊んでいる中、どうして他ならぬ新入りだけが、こんな仕事に直面しなければならないのかは至って不可解ではあったけれど、それでも責務は責務である。

相手の名前と、所属や肩書きは、期せずして判明したものの、まだ目的がわからない——それを探らなくてはならない。

席に着く前に、バニーちゃんに飲み物を注文してから、彼は、

「白と黒、お好きなほうをお選びください」

と、言った。

いや、ソムリエがワインを選択させるように大人っぽく言われても、別にそんなもんどっちでもいいんだけれど——オセロって、先攻後攻で、有利不利ってあるんだっけ？　なんとなく、後攻のほうが有利なイメージがある。

「それは、後攻を選べば、駒《こま》を斜めに置くという選択肢が生まれるからでしょうね——先攻は事実上、どこに置いても同じで、選択肢がありませんから」

理論的に説明された。

ううむ、そういうものなのか——って、だから、オセロについての講釈を受けてどうする。

わたしは先攻、つまり黒を選んだ。

悩まなくて済むならそのほうがいい。

いや、なんか自然な流れでオセロをすることになってしまったけれども——間を持たせている場合じゃないんだけれど。

オセロ盤は、駒が一体化されているタイプのものだった。

オセロは初めてではないけれど、しかし、このタイプの盤で遊ぶのは初めてだ。

駒がなくならなくて便利そうだとばかり思っていたけれど、これ、実際にプレイしてみると、結構駒を裏返すの、面倒くさいな……、白を黒にしようとして、何もない面が出ると、軽くいらっとする。

新しい技術についていけていない。

「それで、何か心配事があるようでしたが？　お客様」

「あ、はい。えっと……」

学校は違うと言っても、学年は同じ相手なのだから、タメ口でいいような気もしたけれど、相手からそうも恭しく、折り目正しく接しられれば、こちらも半端なタイミングでは姿勢を崩せない。

わたしはろくでもない人間ではあるけれど、しかしサービス業に従事する人間に、横暴な口を利《き》く種の人間ではないのだ——彼がしているのがサービス業なのかどうか、そもそも仕事なのかどうかは、ともかくとして。

「だ、大丈夫かなって、不安でして。学校の中で、こんな派手に遊んで……、先生に怒られたりしないのかなって」

だいぶマイルドに言った。

本音では『これ、お巡りさんに捕まっちゃわない？』と言いたいのだけれど（これでもまだだいぶマイルドに言っている）、しかしさすがに、主催者を目の前に、そこまでぶしつけな表現はできなかった。

「ふふ。そういうことですか。ご安心ください、なんの心配もありません」

札槻くんは微笑んだ。

その微笑みにうっかり、本当に安心してしまいそうになったけれど、いやいや、なんの根拠もないじゃないか——鵜呑みにしてはならない。

笑顔は何の証文にもならない。

わたしは彼に偽札を渡されているのだ。

あんなもの、うっかり使っていたら、冗談じゃ済まなかったかもしれないのだ——その場合、わたしは偽札犯になっていた。

「心配がいらないっていうのは、どうしてですか？」

「お客様。どのような経緯で、当カジノホールにいらしてくださったのですか？」

わたしのことを覚えている以上、それは質問ではなくただの確認だったのだろうけれど、訊かれたことには答えた。

偽札の中に入っていた招待状を見つけて、だ。

「他の方法もあるんですか？」

「ええ、招待状を発送するにあたっては、様々な手をこらさせていただいております——手を変え品を変え、お楽しみいただけますように」

「…………」

「そんな招待状を発見できるような、遊び心にあふれるかたが、当カジノを告発するようなことはありえませんから——ですから、秘密は盤石《ばんじゃく》に保たれます」

あふれんばかりの自信で、そう言う札槻くん。

この場にいる全員が共犯者だからと言っているのと、そう変わらない意見ではあったけれど——『遊び心』という言いかたには、えもいわれぬような説得力があった。

偽札も遊び心。

ならば、このカジノホール『リーズナブル・ダウト』もまた、遊び心の産物なのかもしれなかった。

「……採算は、取れているんですか？」

わたしは訊いた。

野暮な質問ではあるかもしれないけれど、その野暮を承知で、訊かずにはいられなかった——なるほど、言わんとすることはわかる。

たとえば、これみよがしに百万円の束を落として、それを拾った者に、招待状の入った十万円を進呈する——その十万円が偽物であることに気付いて、その上、中には招待状が入っていることに気付くような者は、単に鋭いとか、目敏いということではなく、どこか同好の士の香りもしよう。

共犯者ではなくっとも、仲間意識さえ働こう。

……『わたしのような視力の持ち主でもない限り』という注意書きは必要だろうけれど、それで『一緒に遊ぶ仲間』を見つけることはできるだろう——ただし、すさまじい経費だし、はっきり言って、効率は最悪だ。

経費のことをさておいたところで、ネットで友達を募集したほうが、絶対に早い。招待状だけで、そんなに手間暇がかかっているというのに、ましてきらびやかなこのカジノホールと来たら——チップの相場が、本場のカジノと同じ水準だとは言っても、でもそれを言うなら、ああいう場所は、ハイローラーと呼ばれる大口の顧客がいるから成立しているんじゃなかったっけ？

さすがにここで遊んでいる子供たちの中に、富豪がいるとは思えないんだけど（某財団の御曹司を除く）。

「おやおや、我々の心配をしてくださっていたのですか？　ありがとうございます」

お礼を言われてしまった。

心配をしたつもりはなかったのだが。

「採算は取れていますとも。僕が手がけている事業は、これだけではありませんし——もう長いですから」

「はあ……」

こんなことを他にも、それも長きにわたって、やっているというのか——信じられない。平和だと思っていた自分の住まう土地が、とんでもない非合法地域のように思えてきた。

「遊びですよ、遊び。投資とも言えますが——雇用を作り出すのも、必要なことですしね」

「雇用……そう言えば、働いているのは、みんな、髪飾中学校の生徒なんですか？」

あたりをうかがいつつ、わたしは訊いた。

ディーラー、バニーちゃん、私服警備員。

飲み物の運搬やテーブルの手入れ、スロットマシーンの管理にも、人手は必要だろうし。

「ええ、基本的には。うちの学校には、わけありの生徒も多いですから——将来のために、今から働きかたを覚えておくというのもまた、必要なことでしょう」

その台詞はなんだか、なんだか、白々《しらじら》しい。

働くことも遊びの一環という風に見える。

それはそれで健全なのだろうけれど——やっていることが非合法では、やはり誉められたものではないという気がした。

透視という『ズル』をして招待状を発見した、つまり正規の手順を踏んでここにいるとは言えないわたしなので、そんな風に思ってしまうのかもしれないが……。

気がつけば、オセロの盤面は、駒で埋まっていた——黒と白が同じくらいの量あって、ぱっと見では、どちらの勝ちかわからない。

うーむ、駒が盤面に張りついているものだから、さっと集めて積み重ねて数えられない……、やっぱり、何かが便利になれば、何かを失ってはいるんだな。

遊び終わった後、盤面を元通りまっさらに戻すのも、割と手間だし——好みの問題じゃあるんだろうけれど、わたしはスタンダードに、駒がばらけているほうが好きだった。

実は几帳面な美食のミチルなら、断然こっちのほうが好きだろうな。

それでも一応、勝負なのだから勝ち負けははっきりさせておいたほうがいいかと、ひいふうみいと数えつつ、わたしは、

「じゃあ、つまるところ、このカジノは、招待状のことも含めて、あなたの遊びだったたってことで、いいんでしょうか？」

と、総括するように言った。

分散投資とか将来のための労働訓練みたいな話も聞いておきながら、いかにも調査員風の味気ない言いかたになってしまったけれど、そもそもわたしは、そのためにここに来た

のだから仕方がない。

どうしてこんなことをしているのか、なんのためにこんなことをしているのか——そんな疑問に対する答は『面白いから』。

遊びだから。

答になっていないけれど、それ以上の答がないというのなら、仕方がない——遊ぶことこそ人間の本能だと言われれば、その通りで、言葉もない。

納得するしかなかろう。

ただし、そんな答が、リーダーのお気に召すのかどうかは、わたしには判断しかねた。

なにせ『美学のマナブ』だから。

損得勘定の度外視についてはともかく、美意識なく、ただただ本能のままに遊ぶことを、どれくらい是認してくれるのかはわからない——まあ、美しい謎に、常に美しい答がついて回るとは限らないのは、わたしの経験からも明らかだ。

オセロの黒と白は、33枚と31枚だった——ぎりぎり、わたしの勝ちという結果だったけれど、なんだかあまりにも僅差過ぎて、単に勝ちを譲られたのではないかという疑惑が浮上する。

言っていた通り、もてなされたのでは。

そうなると、勝負なのだから勝ち負けをはっきりさせようとか思っていた自分が小さく思えてくる――まあ、それも今更か。

じゃあ、とりあえずは目的は果たしたことだし、おのおののゲームをプレイ中の男の子達に声をかけて、撤収するとしよう――不良くんが破産する前に。

そう思ったとき、

「支配人」

と、テーブルにバニーちゃんが近づいてきた――飲み物のお代わりをすすめに来たというわけではなさそうだった。

「問題発生です」

15　問題発生

問題発生です、と聞いた時点で、既にわたしは察したけれども、しかし最初に抱いた予想に反して、負けが込んだ不良くんがバカラ台をひっくり返したというような事案が発生したというわけではなかった。

それどころか、わたしの助けの手はどうやら間に合わなかったようで、袋井くんは体育館の壁際で、頭を抱えていた。

「どうすんだよ、明日の仕入れ」

みたいな顔をして俯《うつむ》いている。

いや、美食のミチルが、仕入れまで担当しているのかどうかは知らないけれども、とにかく、有り金をすべてスってしまった者の姿だった。

こうしてみると、やはりギャンブルには一定数、身を滅ぼすリスクがあるようだった。なのでこの事件簿が決して若者にギャンブルを勧める性格のものではないことを、ここに明記しておかねばならない（弱腰）。

どんな賭けかたをしたら、ほんの二十分目を離した隙に、ああも強気な番長が、あんな気落ちした姿になってしまうのかは、気になるところだが……、今日のところは、いい授業料を支払ったのだと思って欲しい。

まあ、定説ではあるけれども、熱くなりやすい人間には、ギャンブルは向かないよね——それはともかく。

袋井くんが支払ったのは授業料だったけれども、見渡してみれば美少年探偵団の他の面々は、遊ばせてもらった分の正当な対価として、交換したチップを、綺麗に使い切ったようだった。

カジノホールと言うよりは、ゲームセンター感覚だろうか——勝ったり負けたりを繰り返し、話も聞き終えたところで、最終的にチップを使い切ったという風で、それぞれ、プレイしていた台から離れている。

一名を除いて。

その一名こそが、バニーちゃんが札幌くんに伝えに来た、発生した問題事案だった——美少年探偵団の副団長・咲口長広。

美声のナガヒロだった。

「うわあっ……」

と、わたしは思わず、声をあげてしまった——彼のサイドテーブルに置かれた、大量に積みあがったチップの山を見て。

しかも交換所でもらっていたチップの色と違う。

きっと、一枚百円のミニマムチップじゃないのだろう。

二百五十円とか、五百円とか……、千円ってこともあるだろうし——いや、ひょっとしたら、一枚一万円のチップとか？

まさかまさか。

でも、チップの色は何色もあるようだし、半端《はんぱ》な額ではないだろう。

「うわあ、うわあ、うわあ……」

わたしの視力なんて駆使するまでもない。

誰の目にも明らかなほど大勝ちしている。

すごい、さすがはわたし達が選んだ、指輪学園中等部の生徒会長——と、ここで喝采《かっさい》をあげることは、しかしながら、とても難しい。

むしろ、一般生徒の身でありながら僭越ではあるけれど、「なにしてくれてんねん」と関西弁で思うくらい、無性に腹の立つ勝ちっぷりだった──カジノホールの調査なんだから、遊ぶのはそりゃあまあ探偵行為の範疇内にしたって、そんなに目立ってどうする。

ただでさえ目立つ、キューティクルの利いた挑発的な長髪男子が、今やカジノホール中の注目を集めていた。

特に女子の注目度がすごい。

美声のナガヒロの、『ベット』『コール』『レイズ』という一挙一動ならぬ一発一声に、女性客や女性従業員が色めき立つ──なればこそ、バニーちゃんがいち早く、それを支配人に報告に来た、ということなのか。

いや、既に時は遅しと言うべきか──今、咲口先輩が席を立てば、カジノホールは大きな損害を被ることになる。

それでカジノホールが潰れるというほどのことはさすがにないだろうけれど、間違いなく、本日分の売り上げくらいは吹っ飛びそうだ。

あの人、加減とかないのか。

恐れ多くも、一年生のときから生徒会長の椅子に座ったくらいなので、意外と欲どうしいと言うか、勝ち負けにはこだわるタイプなのかもしれない──『綺麗に負ける』なんて発想は、持ち合わせていないのかも。

不良くんみたいな、見る影もない負けかたをするのは論外にしても、リーダーや生足くん、天才児くんなんかは、さっぱりしたものだけれどな。

三人とも、遠巻きに、団員の大勝ちを見守っていた——リーダーは部下の活躍に満足げに、生足くんは先輩の空気の読めなさに呆《あき》れたように、天才児くんは何を考えているかわからない無表情で。

わたしの顔は、たぶん、生足くんの呆れ顔に一番近かっただろう。

実際、周りの客をパニックにさせて遊んでいた生足くんの振る舞いなど、今の生徒会長先輩に比べれば、まったく弁《わきま》えたものだった。

「…………」

と、心配になって、わたしは同席している相手——カジノホールの支配人、札槻くんのほうに、向き直った。

支配人——いや、遊び人というべきか？

とにかく、彼はこの問題に、どう取り組むつもりなのだろう。それも『遊び』の一環として、損失など知らないと言うのだろうか？　大勝ちした咲口先輩を——ひいては、わたし達を、このまま、何事もなかったように帰してくれるのだろうか？

そんな淡い期待を抱くほど、わたしも夢見がちじゃあない——もしそうだったら、バニーちゃんはわざわざ、支配人とお客様との語らいを妨げようとはしないだろう。

そりゃあカジノホールを謳《うた》っているのだから、客が小額、勝って帰るくらいのことは見逃してくれるだろうが、あの美声の持ち主は、明らかに一線を越えている。

育てねばならない幼女でもいるとしか思えないチップの山だ。

「生徒会長」

と。

果たして、札槻くんは言った。

その表情には薄い笑みが浮かんでいた。

余裕のある風な表情だが、それを見て、ほっと一安心することはできそうもない——

今、彼はなんと言った？

この、髪飾中学校の生徒会長は、なんと——

「あの、指輪学園中等部の生徒会長は、あなたのお友達ですか？」

「…………」

そりゃあバレるよね。

近隣の、しかも対立関係にある中学校の生徒会長同士なんだから——普段結んでる髪をおろしてるくらいじゃ、変装にもなるまい。今から思えば、わたしが美術室で『サラリーマン氏』の風貌を伝えたとき、あの人はやや、怪訝《けげん》そうだった。

今から思えばどころか、露骨に。

その後、髪飾中学校の名前が出たときに、あるいはあの人は、既に確信していたのかもしれない――サラリーマン氏の正体、と言うか。

ことの黒幕の正体に。

「お友達かどうかはともかく……、ええと、あの、仲間です。メンバーと言うんでしょうか……」

もごもごとわたしは言う――氏素性をどこまで明かしたものなのか。『お友達』の面が割れている以上、ここでどれほどとぼけたところで、わたしが指輪学園の生徒だということはバレバレなんだろうし……。

「ふふ」

と、札槻くんは、そんなわたしに見切りをつけたように、立ち上がる。

「僕が彼をどうするのか、気になるようですね、お客様」

「き、気になると言いますか……、その。えっと……、追い出されたりするのかなーって……」

これもまた、かなり甘々の状況分析であり、未来予測だったけれど（どういう形であれ、この体育館から出ていけたなら、それ以上は望まない）、わたしはおずおずと、そんなことを言った。

「追い出すなんて、とんでもございません」

札幌支配人は、あくまでも恭しく応えた。

「むしろついてらっしゃる彼には——スペシャルなサービスをさせていただきたいと思っております」

16 がらんどうのステージ

気になってはいた。

チップ交換所と、チップ換金所の間にある、ステージのことだ——どれだけきらびやかに装飾されようとも、元が体育館なのだから、ステージと言うか、演壇があるのは、そりゃあ当たり前なのだけれど、しかしわたしのような、人を喜ばせようというエンターテインメント精神に欠ける素人の目から見ても、あのステージが何にも使われていないのは、もったいないと感じる。

手品師やダンサーのショーを開催するとか、なんらかのビデオプログラムを流すとか、そんな出し物に使うべきじゃあないのかと、思ってしまう——にもかかわらず、緞帳《どんちょう》があげられたステージは、がらんどうだった。

何にも使われていない。

ステージプログラムに割《さ》ける予算がないとか、手品師やダンサーなんて人材は確保できないとか、そんな言い訳は、この場合、まったく通らないだろう——ここまで見事な、本場さながらのカジノホールを演出しておきながら、『お金がない』だなんて。

だから、あのステージは、何か別の目的に使用する予定があるんじゃないかと、勘の鈍いわたしも、薄々感づいてはいた——案の定。

それがスペシャル・プログラムだった。

「はっはっは。さすが僕が選んだ美少年探偵団の副団長だ。実にステージ映えするじゃあないか。そうは思わないか、なあ、瞳島眉美くん！」

合流したリーダー、双頭院くんは、誇らしげにそう言う——部下を誇るのはいいけれど、お願いだからこんな非合法な場で『美少年探偵団』とか『副団長』とか、まして『瞳島眉美くん』とか、個人情報を声高に叫ばないで欲しい。

そばには生足くんも天才児くんもいる——意気消沈して別人のようではあるけれど、一応、不良くんもいた。

四人の美少年（変装したわたしも含めれば五人——事実上不良くんが死んでいることを思えば、やっぱり四人かな）が揃ったことで、なかなか華やかなものだったけれど、しかし珍しくも今、この集団には視線が集まっていなかった。

カジノホールに遊びに来た招待客一同は今、皆一様に、ステージに注目していた——そのステージは、今はがらんどうではなく。

テーブルと椅子を挟んで、二人の男が向かいあっていた。

年齢からすると、二人の男ではなく、二人の少年と言うべきだし、もっと言えば、二人の美少年と言うべきなのかもしれない。

咲口先輩と、札槻支配人。

ステージ映えするという意味では、札槻くんも咲口先輩に勝《まさ》るとも劣《おと》らない——学年こそ咲口先輩のほうが一個上だけれども、生徒会長という役職は、同格だった。

「…………」

スペシャル・プログラム。

出し物。

あのとき、『問題発生』を伝えにきたバニーちゃんが説明してくれた（一様にバニーガール姿の女の子は区別がつきづらいけれど、どうやら入場時、わたしにカジノホールについてレクチャーしてくれたバニーちゃんと同一人物らしい——わたしの美少年姿がお気に召したのか、やけに親切だ）。

なんでも、一定額以上の勝ちを収めた『お客様』は、ステージの上で、カジノホールの支配人と『対決』する資格を得るそうなのだ——その対決の様子は、カジノの名物イベントであり、いや、メインイベントとしてステージの上で見世物にされるそうだ。

もちろん、それもギャンブルの対象となる。

支配人が勝つか、選ばれし賭博師が勝つか——ただ、そのオッズバランスは、すさまじく偏っている。

なぜなら、このスペシャル・プログラムで、支配人が負けたことは、一度としてないからだ——見世物とされているのは、勝負そのものというより、彼の連勝記録がどこまで続くのか。

否。

彼の勝負運の強さそのものが、見世物なのだという——ありふれた言いかたをするならば、見せるのではなく、魅せるためのイベントなのだ。

だとすれば、さっきオセロで、僅差で黒が勝ったのは、やっぱり勝たせてもらっただけだと考えるべきなのだろう。

逆に言うなら、もしも対戦相手のほうが勝利を収めたなら、すさまじい大穴である——だから自然、ほとんど等倍返しの支配人よりも、掛け金は対戦相手のほうに集まることになる。

それだけではない。

対戦相手は、獲得した一定規準以上のチップを、すべてテーブルの上に置くことになるルールだ——負けたらその全額を失う（どこかの不良のように）。

親切なバニーちゃん相手には、そんなことは言わなかったけれど、なんのことはない。お客様をもてなすためのスペシャル・プログラムも何も、これは損失を回収するための、それどころか、より多くの利益を得るためのショーだった——勝ち過ぎた客の勝ち過ぎた分と、彼に賭けられたチップ、そのすべてが、カジノの収益となる。

鮮やかなシステムというべきなのか。

それとも小ずるいと思うべきなのか。

いや、札槻くん——つまりカジノ側が負けたときに負っているリスクのことを考えると、必ずしも、卑劣というわけではないのかもしれない……、対戦相手、つまりこの場合は咲口先輩が、もしも支配人に対して勝利を収めた場合、得られるものは、賭けたチップの三倍とか、十倍とか、そんなものじゃあない。

すべてだ。

このカジノホールの経営権を、支配人から譲り受けることになるのだ——咲口先輩が賭けているのが泡銭《あぶくぜに》であることに対して、カジノホールが賭けているのは破滅である。

またしてもコストパフォーマンスの話になってしまうけれども、損得勘定を越えた絶対的な自信がなければ、こんなショーはとても開催できまい。

絶対の自信。

いや、絶対の遊び心というべきなのか。

場を把握しようと、ふわふわした気分でいるうちに、なんだか予想外の展開になってしまったけれど――こうなると、生徒会長同士の対決を、固唾《かたず》を飲んで見守るしかなかった。

いや、厳密に言えば、咲口先輩は、このショーへの出演を断ることはできたのだ――必ずしも壇上にあがることは、義務ではない。

スタッフから声をかけられたところで、美声でそれを固辞することが、彼にはできたのだ――だが、バニーちゃんいわく、今までこの誘いを、断った者はいないらしい。

欲深さゆえ――ということでも、ないのだろう。

圧倒的な強さと噂される支配人と対決できる権利と機会を、勝負師として見過ごせない――という人もいるだろうけれど、それだけが理由ということが、もちろん、あるはずもない。

冷静な環境に置かれたならば、己の才覚や幸運によって獲得した利益は、そりゃあ利益として懐に入れようという判断をくだす者のほうが多いに決まっている――にもかかわらず、これまで誘いを断った者がいないというのは、一見奇妙なようにも思えるが、そこがカジノの魅力であり、魔力のようだった。

なにせ大勢の客の前でバニーちゃんに取り囲まれ、ほめそやされ、勝利者として大々的に紹介され、スター扱いをされたあとで、ステージに誘われるのだ――あの圧倒的な雰囲気の中で、『いえ、わたしは勝負には乗りません』とは、なかなか言えないだろう。

空気を読む、という奴か。

卑近なたとえで言うなら、クラスの多数決で、一人だけ反対を表明するのが難しいようなものだ——いったん雰囲気に飲まれてしまえば、『どうせ泡銭だし、まあいいか』という方向に、気持ちは流れてしまう。

つくづくよく考えられているというか……。

ぺてんにかけられているような、洗練された話運びだった。

「えっへん！　なぁに、心配することはないよ、安心したまえ、瞳島眉美くん！」

と、双頭院くんが、わたしの肩に手をおいた。

なだめるように。

札槻くんに言われたときと違って、このリーダーから『心配することはない』とか『安心したまえ』とか言われても、むしろ不安ばかりがましてくるのがなんとも味わいぶかかった。

「ナガヒロは、自分を見失ってステージにあげられてしまうような男では断じてないさ——奴は自らステージにあがったのだ。自覚的にね！」

「え……」

わたしが戸惑うと、

「そうそう、ボク達は、そこのところは信用している。バニーちゃんに囲まれたからって自分を見失うナガヒロじゃないよ」

と、同意を示したのは、頭の後ろで手を組み、立ったままで足をクロスしている、生足くんだった。

「幼女ならともかく」

「…………」

それは信頼と言えるのだろうか……。

むしろ疑惑と言うべきでは。

ただ、確かに、言われてみればその通りだ——演説の名手で、言うならば人々を先導する側（悪く言えば、煽動《せんどう》する側）である咲口先輩が、熱狂した雰囲気に唆《そそのか》されて、意に添わずステージに上るとは考えにくい。

ならば、何か理由があるのか。

理由、あるいは、狙《ねら》いが。

ひょっとして最初からそのつもりで、彼はポーカーで、馬鹿勝ちしていたのだろうか——がらんどうのステージから、スペシャル・プログラムの存在を予期して？

そこまでいくと推理ではなく勘みたいだ。

うがち過ぎかもしれないけれど、だが、もしもわたしから話を聞いた時点で、髪飾中学校の生徒会長を連想していたのならば、そういうこともあるのかもしれない……。

わからない。

しかしどうやら確かなのは、今、美少年探偵団の副団長は、あくまでも探偵活動の一環として、ああしてステージの上にいるということのようだった。

「ああそうだ、瞳島眉美くん。この勝負はきみの視力でどうこうなるものじゃないから、賭けに参加してもいいぞ」

思い出したように、双頭院くんはそう言ったけれど、いや、そんなことを言われても、今更タイミングを逸《いっ》した感がある。

熱狂する会場と、足並みを揃えられる気がしない。

遠慮しておこう。

「……ちなみに、みんなは、どっちに賭けたの？」

改めて交換所に向かってチップを入手していた三人に、つまり先んじて財布を空にしていた不良くん以外の三人に、わたしは質問する。

「あの支配人の勝ちに十枚だ」

「オールバックの勝ちに十枚だよ」

天才児くんは黙って札槻くんを指さした。

みんな意外と堅実派だった。

17 スペシャル・プログラム

「レディース・アンド・ジェントルメーン！　それでは久々開催のスペシャル・プログラム！　オープン・ザ・ゲームでーすっ！」

底抜けに陽気なテンションで、ステージ上でマイクを持ったバニーちゃんが、それこそ兎《うさぎ》のように跳びはねながら、そう宣言した——ちなみに、わたしに親切だった、あのバニーちゃんである（そろそろ顔を覚えた）。

札槻くんと咲口先輩——二人のプレイヤーを簡単に紹介したのち、彼女は、このショーの意図を、てきぱきと説明する。

わたしに対してしてくれた説明と違って、それはマイクパフォーマンスの要素が強かったけれど、基本的に、彼女は解説や案内が得意なのかもしれない——それでMCを任されているのかな？

それによると、ゲームの内容は『挑戦者』の立場である咲口先輩が、自由に決めていいらしい——もちろん、自由と言っても、このカジノホールで採用されているゲームに当然限られているけれども、これは観客の立場から見れば、えらく大きな譲歩であるように見える。

のは、カジノのゲームを知らない者の意見なのだろうか——根本的に、こういうゲームに、得意不得意とか、有利不利なんて、ないのかもしれない。

だけど、咲口先輩は、当然のように、ポーカーを選んだ。

あれだけの大勝を収め、支配人への挑戦権を得たゲームである。

験担ぎの意味合いもあるのかもしれない。

「…………」

「…………」

ん？　と思う。

ステージの上で、テーブルを挟んだ二人が、なにやら会話を交《か》わしたようだった——マイクが設置されているわけではないので、会話の内容は、わたし達のところまでは届かない。場を盛り上げるためのBGMのボリュームもあげられているので、尚更である。

もしも眼鏡を外せば、二人のプレイヤーの唇を読むことも、ひょっとしたらできたかもしれないけれど——いや、まあ、そんな読唇術《どくしんじゅつ》みたいな真似は、さすがにできないか。星がよく見えるからと言って、星座の名前を全部言えるわけじゃない——当たり前だけれど、技術は習得しなければ、身につかないのだ。

ただ、通常の視力で遠目に見る限り、やっぱりあの二人、初対面というわけではなさそうだった——互いに笑顔を浮かべて言葉を交わしているが、しかし、まったく仲良しという様子はない。

「ねえ、みんなはあの人のこと、知ってるの？」

わたしは誰ともなく、メンバーに訊いた——答えたのは、さすがにそろそろ復活したらしい、不良くんだった。

「名前だけなら、知ってたよ——髪飾中学校の生徒会長。うちのと違ってキレ者だって噂だったけれど、裏でこんなことをやってたとは、驚きだぜ。『クジラは人間の次に賢いから食べちゃ駄目』って意見くらい驚きだ——人間の次って。だったらそんなに賢くないだろっていう」

そんな風刺が出てくるようなら、もう大丈夫そうだ。

美食のミチルだけに、食問題には、特に一家言《いっかげん》あるらしい。

「クジラは可愛いから食べちゃ駄目っていうほうが、真理に近いよねー。足はないけど、奴はいい尾鰭《おびれ》をしている」

足に対するこだわりが強過ぎる生足くんはそう言って、「ちなみにボクは知らなかったよ、あんな人」と言った。

「でも、今日一日でボク、髪飾中学校に対する印象が、結構和《やわ》らいじゃったところがあるよ。もしかして、あの生徒会長が、改革したりしたのかな？」

「はっはっは」

双頭院くんは高笑いしただけだった。

何の情報も、何の推測もないらしい。

それはいつも通りなので、もう気にならない。

まあ、生徒会長と生徒会長の関係は、あとで生徒会長に訊けばわかるか。あの生徒会長、話をする間もなく、ステージに上がってしまったから——ともあれ、ゲームはスタートした。

バニーちゃんは舞台から降りて、ステージには二人のプレイヤーと、カードを配るディーラーだけが残る。

ギャラリーを盛り上げるためだろう、椅子の位置が調整されて、ステージの二人に配られる五枚のカードは、ホール側からは見えない——まあ、そうしておかないと、相手プレイヤーがどんな手役を作ったのか、ギャラリーの反応でわかってしまうかもしれないし。

それじゃあ勝負として、やるほうも見るほうも、興ざめだろう。

チップは互いに三十枚ずつ渡され、どちらかがゼロになるまで、ゲームは続けられる——参加料はチップ一枚、カード交換は一回、レイズは互いに一度ずつ、相手が所持するチップの総額以上を賭けるのは禁止。

……なんて、偉そうに言っているけれど、これはバニーちゃんの解説の、受け売りどころか受け流しで、わたしはポーカーのルールなんて、ほとんど理解していない。

どんな手役があるのか、どの手役がどの手役より強いのかとか、まったくわからない――ロイヤルストレートフラッシュという名前は知っていても、それがどういう五枚の組み合わせなのか、さっぱりだ。

ポーカーとかブラックジャックとかバカラとか以前に、そもそも友達がいないせいで、トランプ自体に慣れていないとでもいうのだろうか。

だいたい、K（13）よりもA（1）のほうが強いって理屈が、よくわからないのだ――KをQよりも、数的に上位においているところにも、男女差別を感じる。

と、男装している身で言っても、ちぐはぐかもしれないが。

「けっ。わかんねーぞ。13って縁起の悪い数字を、王妃を庇《かば》って王が担当しているのかもしれねーじゃねーか」

不良くんが、そんなひねくれたレディーファースト的な見解を披露する――完全復活の兆《きざ》しなら、なかなか喜ばしいことだったけれど、

「あーあ。金が残ってりゃ、全額ナガヒロに賭けるんだけどなー」

なんてほざいているあたり、反省が足りない。

懲《こ》りろよ。

「馬鹿言ってんなよ、瞳島。ここで百円でもナガヒロに賭ければ、今日の負け分なんて、全部取り戻せるだろうが」

不良くんはどうやら、クジラの次に賢いようだった——BGMが変化する。

どこかに音響係がいるらしい。

いったいどれだけの人間が、このカジノホールに絡んでいるのだろう……、髪飾中学校の全校生徒は、そんなに多くないはずなんだけれど。

そんな音楽の中では、ステージ上でもはや言葉が届かないようで、指でテーブルを叩《たた》いたりのハンド・ジェスチャーで、カード交換や、ベット、レイズがおこなわれる。

素人にはよくわからないやりとりだが、たぶんなにやら、一回戦目から劇的な展開があったのだろう、観客席が沸き立つ。

「……何があったの？」

「はっはっは。ナガヒロが出し抜けに何かを仕掛けたようだぞ。何を仕掛けたのかはわからないが」

リーダーが不敵な笑みと共に答えた。

「そんな突飛なことを仕掛けたの？」

「さてね。僕がポーカーのルールを知らないせいで、わからないのかもしれない」

お前も知らないのかよ。

なのになんで不敵なんだ。

「あいにく僕には学がなくてね。僕にあるのは美学だけさ」

「……だから、ブラックジャックで遊んでいたの？　ブラックジャックのルールは、美学なの？」

「いや、ブラックジャックも、よくは知らないよ――ポーカーもブラックジャックも、強い役をいくつか覚えているだけだよ。それが僕の必勝法だ」

「…………」

えっと、それ、どういう意味？

強い役しか知らないから強いってこと？

そんな戦略がある？

呆れているうちに、第一ゲームの決着はついたらしい――咲口先輩の元に、中央にあったチップが移動する。

わき上がるギャラリー。

ついていけないわたし。

双頭院くんはついていっているというか、率先してこぶしを振り上げているけれど、彼がわたしと大差ない知識ではしゃいでいることは、既に明らかとなっている。

単純に仲間の活躍を喜んでいるのかもしれないけれど、だったら、咲口先輩の勝ちに賭けてあげればいいのに……。

その後の第二ゲームも咲口先輩の勝ち（のよう）だった――あれ、ひょっとしてあっさり勝っちゃう？　そして生徒会長にして副団長は、このカジノホールの支配人にまでなる？　そうなると肩書きが多過ぎるだろう、と危惧《きぐ》したが（余計な心配だ）、第三ゲームは、札槻くんが勝った（らしい）。

勝敗は2・1だけれど、チップの枚数はおよそ、元通りになった――いい綱引きの、シーソーゲームなのだろうか？

実際、その後も、そんな展開が続いた。

大きく勝って、小さく負けて、大きく負けて、小さく勝って、一気に奪われたり、すぐに取り戻したり……。

玄人好みの駆け引き（賭け引き？）なのかもしれないけれども、しかし素人としては、決着の見えない長引くシークエンスに、多少の退屈感を否めなかった。

熱くなっていく一方の会場とは裏腹に、わたしは、一回、さっきの休憩所に戻って飲み物でもいただこうかな、なんて考え始めた矢先。

その出来事は起こった。

18　黒子

出来事。

あるいは異変と言うべきか。

しかしながら、正確にはそれは、そのとき『起こった』のではなく、ずっと継続して『起こっていた』出来事であり、異変だったのだろうと思われる——たまたま、そのとき、そのタイミングで、わたしが気付いただけだ。

わたしが——わたしだけが。

気付いた、見えた。

……仲間が、そして我らが生徒会長が、正確な額はわからないにせよ、少なからぬ大金を賭けた勝負をしている最中に、わたしわたしと、自分の話なんてして申し訳ないけれども、ゲームが長引けば、気が散ってしまうのは仕方ない——具体的には、眼鏡だった。

わたしがかけている眼鏡は、視力の矯正器具ではなく、視力の保護器具である——まあ、大きくくくってしまえばサングラスみたいなものなのだけれど、ともかく、これがわたしを守るための一種の鎧《よろい》であることには違いない。

だからその存在をありがたがりこそすれ、かけることを鬱陶《うっとう》しくなんて思うべきじゃあないのだけれども、それでも眼鏡は眼鏡であって、ずっとかけていたら、耳とか鼻とかに、重みを感じたりもする——たまには、リラックスしたくもなる。

なので、一瞬、わたしはそのとき、眼鏡を一回、顔から取ったのだった——思えばこれは、思慮の足りない行動である。

先ほどリーダーは、外馬《そとうま》に乗る形のこのギャンブルならば、賭けに参加してもいいと仰ってくれていたけれども、この場合、確実に咲口先輩側の人間であるわたしが、ギャラリー側から行き過ぎた視力を発揮することは、問題である。

なぜなら、本来ならば本人にしか見えないはずの、札槻くんに配られた手札を、わたしはある程度、透視して見ることができるからだ――理論上は、わたしはその内容を、サインで生徒会長先輩に、教えることができる。

そんなズルが成立する。

だからわたしは、どれだけ勝負に飽きようと（失礼）、ショーの最中には眼鏡を外すべきではなかったのだ――しかし。

外したわたしが見たものは、手札の内側ではなかった――いや、もちろんそれも、ぼんやりとは見えてしまったのだけれど、もっと露骨に、はっきりと目撃したものがあった。

もの、と言うか。

それは――人だった。

挑戦者である咲口先輩と、支配人である札槻くんの二人、それにディーラーしかいないはずのステージの上に、いつからか、第四の人物がいたのだった。

いつからか？

それはたぶん、最初から。

だって、わたしが眼鏡を外すタイミングを、出待ちしていたのだとは思えないもの——もちろん、バニーちゃんではなかった。

露出度の高いバニーちゃんとはむしろ真逆の、言うならば、黒子《くろこ》だった。

舞台は舞台でも、こういったショーではなく、人形浄瑠璃《にんぎょうじょうるり》の舞台でよく見かける、あの黒子である——まあ、人形浄瑠璃の舞台を見たことが一度でもあるわけじゃあないのだけれど、そんなわたしでも、そして誰でも、黒子くらいは知っていよう。

色こそ、バニーちゃんと同じ真っ黒でも。

顔も胴体も手も足も、布で包まれた——いうならば、『不在』と『不可視』の象徴としての、全身コーディネートであり、ドレスコード。

けれどそこに存在していたし。

そしてわたしには見えていた。

「………………」

内心の狼狽を隠しきれないままに、わたしは周囲をうかがう——美少年探偵団の面々のみならず、綱引きのような勝負に、盛り上がる一方のギャラリーの様子も、『視力』で、観察する。

が、誰一人として、壇上の第四の人物に、気付いている様子はない——彼ら彼女らの視線の焦点が、まったく黒子に合っていないから、それがわかる。

……わたしにしか、見えていない？

わたしにしか見えない、黒子？

そんなの、まるで幽霊――空気のように、見えていない？

混乱のままに、わたしは舞台に目を戻す――わたしにしか見えない黒子の存在自体もさることながら、しかし問題は、その黒子の立っている位置だった。

彼――いや、彼女かもしれない。シルエットから男性だと判断したけれども、しかしわたしのような例もある――は、咲口先輩のすぐ後ろに立っていたのである。

幽霊だとしたら、背後霊だという立ち位置である。まあ、幽霊ならば、立ちはしないだろうけれども、ともかくそんな場所に黒子はいて、そして、どんなに慎重に、憶測に基づく中傷にならない表現を選んだところで、肩越しに咲口先輩の、手持ちのカードをのぞき込んでいた。

のみならず。

のぞき込んだ上で、テーブルを挟んで向かい合う形の札槻くんに向けて、それこそ、サインを送っていた――無言のままに、ハンド・ジェスチャーで。

サインの意味を読み解くほどの閃きはわたしにはないけれど、当然、それは、咲口先輩の、手札の内容を示すものであろうことは、想像にかたくない。

黒子は、札槻くんに、相手の手札を伝えているのだ――そして受け取った情報を元に、札槻くんは、賭けたり、降りたりを選択している。

そうとしか思えない。

いや、そんな単純なことでもないのだろう――札槻くんは、必ずしも全勝しているわけではないし、むしろ勝敗の回数だけで言うなら、咲口先輩のほうが、勝率が高いくらいだ。

だけど、少ない勝ち数でも、ここぞという大勝負では札槻くんのほうが強いように感じるし、そういう視点で見ると、咲口先輩のブラフは、見抜かれているとしか思えなかった。

見抜かれていると言うか、後ろから見られているわけだが――こうなると、綱引きのような好ゲームも、ただただ、支配人のさじ加減で、おこなわれているに過ぎなかった。

ギャラリーを盛り上げるために。

と言えば聞こえがいいけれども、こんなのは、一方的な出来レースみたいなものだった――相手のカードがわかっていれば、どうにでもあしらえるだろう。

さっき、わたし相手にオセロで、あえて僅差の勝負を繰り広げたのよりも、ずっと簡単なことだろう。

「えっと……」

わたしは顎《あご》に手をあてて考える。

探偵のように思案する。

連戦連勝で、無敗の支配人？

勝ち過ぎた客を壇上にあげ、すべてを賭けたギャンブル？

破滅をかけた真剣勝負？

でも、黒子を使って、カードを覗《のぞ》いて……、わたしは眼鏡をかけ直す。

すると、黒子の姿は、ふっと消えた。

ステージ奥の壁しか見えない。

そう、あの朝、百万円の束を落とした『サラリーマン氏』こと札槻くんを、見失ったときのように——消えていなくなった。

眼鏡をずらす。

と、黒子はそこに現れる。

戻す。

見えなくなる。

……理屈はわからない。

わたしの想像どころか、人知を越えている。

だけど、それでもわかる、確信をもって断言できることが、ひとつだけあった——わたしはゆっくりと深呼吸をしたのち、声高に叫んだ。

「こんなのイカサマじゃん！」

19　敗北

「こんなのイカサマじゃん！」

と、叫んだ口に、横合いから何かが突っ込まれ、わたしは強制的に黙らされることになった——何が突っ込まれたのかとパニックになったけれど、それは袋井くんの右手だった。

なんと。

美食のミチルは、手も食べさせてくれるのか。

さすがにおいしいとは言えないんだけど——ただ、吐《は》き出《だ》したくなる衝撃という意味では、共通していた。

「むぐう！　むぐう、むぐう！」

「騒ぐな、馬鹿。空気読め」

と、不良くんは、声を静めて言う。

「だ、だって、不良くん」

「不良くん？」

睨《にら》まれた。

しまった、心の中だけでのニックネームが、口をついてしまった——舌をひっかき回されたせいで、口が滑《すべ》ったらしい。

「お前、心の中で俺のことを不良くんなんて、なめた言いかたをしていたのか……」

「そ、そんなことを言ってる場合じゃないでしょう！」

逆ギレした。番長相手に。

視力はいい癖に、わたしもなかなかの向こう見ずだ。

「い、イカサマなんだよ、本当に。ふりょ……袋井くんには見えないかもしれないけれど、わたしには見えるの。本当なんだよ……」

「わかったわかった。それは疑ってない。誰もお前が嘘をついているとは思ってねえよ。だけど」

と、彼は周囲をうかがって、声を潜《ひそ》めるようにした。

「こんな敵の巣の中で、そんなことを声高に主張しても、意味ねーだろ」

その通りだった。

否、無意味どころか、危険でさえある。

わたしの視力は、わたしだけのものであり、容易に証明のできるものではない——わたしにしか見えないものは、わたしにしか見えないのだ。

わたしがいくら、壇上に謎の黒子が──支配人の内通者がいると主張したところで、ギャラリーの誰にもそれが見えていないというのでは、ただの頭のかわいそうな子だし、ホール側は、悪質なクレーマーとして、わたしを追い出すだけだろう。

十年間にわたって、わたしにしか見えない星を追い続けてきたわたしだから、わかる──わたしの証言なんて、まったくアテにならないということが、よくわかる。

わたしを信じてくれたのは。

たった五人の美少年だけだった。

……しかし、袋井くんのいうことには渋々《しぶしぶ》納得したわたしだったけれども、ただ、彼の言いかたが、気にかかった。

敵の巣。

……敵視しているのか？

いや、先ほどまでの彼の散財を思うと、それは当たり前だという気もするけれど、しかし、それだけではない気がした。

「あ。見て見てー。ロリコンが大勝負に出たよー」

ロリコンが大勝負に!?

それは大変な事件じゃあ、と、わたしはステージを向く──どうやら、わたしの叫びが聞こえていたのは袋井くんだけだったようで、生足くんも、それにリーダーと天才児くんも、変わらず舞台の勝負の行方を見守っていた。

どうやら、咲口先輩にいい手が入ったようで、彼は手持ちのチップを、すべて賭けたようだった。

「ふむ。美しいオールインだ」

美学の主がそんな感想を漏《も》らす。

危険な美学だった。

ただでさえ危険なのに、今は……、と、わたしは眼鏡をずらして、改めてステージを見る。

「ん？　なんだね、瞳島眉美くん。さっきから、眼鏡を頻繁にずらしたりして。そういうギャグかね？」

ぜんぜん鋭くないな、この探偵団の団長。

わたし、そんな余裕のある人間じゃないよ。

ともあれ——わたしには見える。

咲口先輩の勝負手の内容も（数字が連続していた。たぶんなにかの役がある）、そしてそれを、のぞき込む黒子の姿も。

黒子が送るサインも、それを受け取る札槻くんも——ほくそ笑む彼の心中までも、見えるようだった。

咲口先輩のオールインに、しばしの沈黙ののちに、応じる札槻くん。

ギャラリーの盛り上がりは最高潮に至ったけれど、しかし、結果はもう、明らかだった。

そして予定調和。

ポーカーの役を詳しくは知らないわたしだけれど、それでも開示された両者の手札の、どちらが強いのかは、考えるまでもなかった。

結論だけ言えば、このスペシャル・プログラムは、今夜も、支配人の勝利に終わった——彼の連勝記録はまたしても更新されて。

そして、カジノホール『リーズナブル・ダウト』は、大勝ちした客から大量のチップを取り戻しだのみならず、挑戦者としての彼に賭けられていたチップも総取りして、大きな収益を得たと言うこと——強いて言えば。

リーダーと生足くんと天才児くんは、支配人に賭けていた千円を、千一円にすることに成功したということだった。

20　一時退却

「ありがとうございました。またのご来店をお待ちしております——美少年探偵団のご一行様」

と、支配人直々に、恭しく送り出されたわたし達は、その後、指輪学園の美術室へととんぼ返りした。

内偵調査という目的は、ある程度果たした形での帰還ではあるものの、しかしながら気分的には、敗走、あるいは潰走《かいそう》というイメージだった。

少なくとも、例の親切なバニーちゃんが、帰り際にこっそりわたしに手渡してくれた電話番号を、戦果として数えることは極めて難しいだろう。

特に酷《ひど》い損害をこうむったのは、有り金をすべてはたいてしまった不良くんだけれど、メンバーもそれぞれ、千円というお金を使ってしまっているし（収支を計算すれば、九百九十九円の赤字だ）、咲口先輩は、ステージの上で、満座の中で、恥をかかされた。

むろん、彼の婚約者の年齢を考えれば、彼は生きていることそのものが恥であるかもしれないけれど、だからと言って、恥の上塗りをされても平気ということにはなるまい――仲間として、わたしはとても怒りを禁じ得ない。

ただ負けたのなら、勝負であり、ギャンブルなのだから、そういうこともあると割り切ることもできようが、しかし、そうではない。

イカサマだ。

カードを覗くことで、五分五分のいい勝負を演出するだけなら、まあ、ショーとしての性質を持つステージ上での出来事として、ぎりぎり許容範囲内なのかもしれないけれども、なんだかんだの紆余曲折《うよきょくせつ》を経《へ》て、結局のところ、チップを回収してしまうのだ。

カジノ側は、大きな収益をあげている。

一言で言えば——ズルい。

遊び心なんて言葉が、空々しく聞こえるくらい——ああも華やかで、享楽的でさえあった空間が、ただの薄っぺらい虚飾にしか見えなくなるくらいに、それは卑怯《ひきょう》だ。

いろいろ言っていたけれど、結局は金儲《かねもう》けか。

そんな風に、落胆したくなる。

そうなると、むしろ遊び心を利用し、また搾取しているようでさえあって——当初考えていたような少年心や、あるいは美学など、あの百万円の束にはなかったのだと、そう理解せざるを得ない。

……ただ、疑問も残る。

すべてを賭けた壇上の勝負で咲口先輩を負かすことによって、カジノホールは損害をこうむることを回避したし、またギャラリーから収益を得たことだろうけれど、それでもまだ、あれだけのファシリティを維持できるだけの額を得られたかどうかは、怪しいという気がする。

学校の体育館を利用しているのだから、土地代や建物代は必要ないにしても……、スロットマシーンの電気代だけでも、そこそこの費用がかかるだろう。

そして何より、あの黒子は、何者だ？

あんな不可視な、さながら透明人間のようなスタッフがいるのであれば、どんな勝負であろうと、カジノ側が負けるようなことはなかろう——ステージ上の勝負に限らず、ホールでおこなわれるギャンブルにも、関与することができるだろう。

わたしはあのタイミングで眼鏡を外したけれども、もしも最初から眼鏡を外して臨んでいれば、ホール内で暗躍する黒子の姿を見ることができたかもしれない。

いわゆる、偶然や、ツキ不ヅキに頼らず。

面白い勝負。

血わき肉躍る勝負を演出しうる。

結果、訪れる招待客を、通常以上にどっぷりと、ギャンブル中毒にすることができる——のかもしれない。

できることは、無限にあるだろう。

だけど、そもそも、誰にも見えない黒子なんて存在が、ホール内をうろうろしているということ自体が、絵空事めいている——探偵小説ではなく、ＳＦ小説の登場人物である。

いわゆる舞台上での黒子と言うのは、暗黙の了解としての黒子であり、『見えない』『存在しない』という約束事で成り立っている——本当は見えているけれど、見えていないふりを、お客さんはしているわけだ。

だけど、あの黒子はそうではなかった。

まごうことなく、誰にも見えていなかった――わたしにしか見えていなかった。

確認をとっても、袋井くんだけでなく、生足くんにも、天才児くんにも、リーダーにも――もちろん、カードを覗かれていた張本人である咲口先輩にさえも、見えていなかった。

「はっはっは。まるで『裸の王様』だねえ」

と、双頭院くんは、美術室のソファにどっかりと腰掛けるなり、そんな所見を述べた。

「その黒子が着ていたのは、『見えない服』というわけかな？　瞳島眉美くんだけが、鋭くもその存在を看破したというわけだ――『王様は裸だ』と指摘する、純真な少年心を、瞳島眉美くんは失っていないんだねえ」

そんな風に言われると面はゆい。

美少年探偵団団則その2を、ならばわたしも、満たしているということだろうか（『少年であること』）？

ただし、黒子が着用していた黒衣が、『見えない服』だったとしても、それを着ている者が、中身の正体が、見えたわけではない。

「ちなみに」

と、不良くんは、テーブルの上に紅茶と、夜食の焼きうどんを並べながら言った。

「『裸の王様』は原作だと、子供に『王様は裸だ』って指摘されたあとでも、行進を続けるんだよな。正しかろうと、子供の意見や少数意見は取り入れられねえ――童話なのに、考えさせられるぜ」

そうなのか、それは知らなかった。

と言うか、意外と教養がある。

さらっと焼きうどんを作るような風刺家にとっては、基本知識なのだろうか。

わたしも別に、自分を純真な子供だと思っているわけじゃあないのだけれど――それに、あの黒衣が、少年の心があれば見える服だったというのなら、わたしのようなひねくれ者ではなく、美少年探偵団の面々にこそ、見えているべき黒子だったはずだ。

だから、そんな精神的な問題じゃない。

物理的な透明人間であり――物理的な空気人間だ。

否。

そんなものに、物も理も、あったものじゃあなかろうが――まさかあんなものを目にすることになろうとは、思ってもいなかった。

「いいえ、実を言いますと」

と。

そこで咲口先輩が言った。

「私には最初からわかっていました——こういうことになるのではないかと、あらかじめ予想していました」

「…………」

尊敬すべき生徒会長に対して、これまでしたことがないような疑惑の目を向けてしまった——まさかそんな台詞を、本当に言う人間がいるなんて、という目である。

探偵らしいと言えば探偵らしいのだけれど。

しかし、ステージ上で完全敗北を喫した人物の台詞としては、負け惜しみとしてさえも成立していないものだった。

見目麗しい美少年が言うだけに、滑稽さが際立つ——とは言え、衆目の前で支配人に敗北し、荒稼ぎしたチップをすべて失ったときも、旧知らしかった髪飾中学校の生徒会長に送り出されるときも、彼がさして、動揺も狼狽もしていなかったのは、事実だった。

さらっと負けを認めて席を立ち、余裕のある態度でステージから降りた——それは身内の贔屓目《ひいきめ》があるにしたって、いい負けっぷりだったと言っていい。

負けっぷりが良過ぎて、不自然だったくらいだ。だが、あらかじめ敗北することを、織り込んでいたのだといえば、その不自然な態度にも説明がつく。

ひとり、ポーカーで大勝ちしたことも、ステージにのぼったことも——すべて計算ずくだったというのだろうか。

「ほほう。何か考えがあるようだね、ナガヒロ。聞かせてもらおうか」

リーダーがにやりと笑って、そう促した。

鷹揚《おうよう》な態度ではあるけれど、しかし、それは部下の動向をまったく把握していないということでもあった――どんなリーダーだよ。

報連相が機能してないよ、この組織。

眉唾《まゆつば》だと思う一方で、そう言えば前回の事件でも、咲口先輩は、独自に調査に乗り出していたことを思い出した――あのときは、指輪くんの協力も仰いでいたけれど、と、わたしは天才児くんのほうを見る。

彼は相変わらずの無表情だった。

こんなにおいしい焼きうどんを無表情で食べられるというのも、大したものだ。

ちなみに、生足くんはと言えば、美術室に帰ってくるなり、着替えもせずにベッドに飛び込んで（美術室にはベッドがあるのだ。天蓋《てんがい》つきの）、眠ってしまった――遊び疲れたそうだ。

何かと活動的な彼は、普通の中学生よりも、睡眠を必要とするのかもしれない。寝顔だけ見ていると、普通に天使みたいだ。

小学五年生の双頭院くんは、むしろ目を爛々《らんらん》と輝かせているけれど――咲口先輩が何を語るのか、楽しみでしょうがないという風だ。

何にでも興味津々《しんしん》なお子さまだ。

「さて、しかしどこから説明したものでしょうね——こうなってくると、先日、瞳島さんのお話を聞いた段階で、先に言っておかなかったことが悔やまれますが」

「ふん。その通りだぜ、ナガヒロ。お前が先に言っててくれりゃあ、俺があんなに散財することはなかったんだ」

悩める風の生徒会長に、不良くんが不良らしい因縁をつけたけれども、それはたぶん関係ない——不良くんの負けは、不良くんが責任を負うべきそれだろう。

「不良債権」

わたしが呟くと、みんなが無視した。

おかしいな、わたしの姿は見えるはずなのに。

ともかく、不良くんは、「俺は込み入った話は、よくわかんねーからよ」と言った。

「最初から話せよ。いちから順番に、だ」

「そうですね。そうするしかありませんか」

美少年探偵団の副団長は、仕方なさそうに肩を竦めてから、

「東西東西」

と、切り出す——例によって例のごとく、いい声で。

21　調査報告

「東西東西。

「そもそものきっかけとなる調査は、美少年探偵団のメンバーとしておこなったものではなく、指輪学園の生徒会長としておこなったものでした——治安の維持と言いますか、綱紀粛正と言いますか。

「地域との関係性でもありますが。

「要は、以前から、髪飾中学校にまつわる噂話のようなものは、私の耳に入っていたのです——なにやらよろしくない活動が、かの学校でおこなわれているらしいと言うような。

「よそ様の学校のことなのですから無関係だと切って捨てるには、あまりにご近所ですし、気にしないというわけにもいきませんよね。

「指輪学園の生徒に、悪影響がないとも言えません——何かが起こる前に予防措置を取るべきだと考えていました。

「生徒会長として、私には本校の生徒を守る義務がありますからね。

「なので、以前から、そのような調査をしていたのですが、しかし一定以上の成果はありませんでした——結束感が強いと言うのでしょうか、かの中学校の生徒はみんな、口が堅かったのです。喋るしか取り柄のない私のような人間から見れば、信じられないことにね。

「どれだけ噂を追っても、どこかで必ず、立ち消えてしまいます――はっきり言ってしまえば、手詰まりでした。

「もちろん、対立している学校同士ですから、こちらには特に情報が漏れにくいというのはあるのでしょうが……、基本的には一枚岩と言っていいでしょう。

「ただ、髪飾中学校も、昔からそうだったわけではないのです――私が一年生だった頃には、いい意味でも悪い意味でも、もっと奔放で、自由な校風でした。

「それが今のような、いい意味でも悪い意味でも、統制のとれた学校になったのは、彼が入学して以来のことです。

「彼。

「そう、札槻くんです――彼が生徒会長になったのは、つい最近のことではありますが、その支配力と言いますか、カリスマ性は、入学当初より既に発揮されていました。

「その頭角の現しかたは、私よりも鮮やかだったようです。

「カリスマ性は、そのまま商魂と言い換えることができます――髪飾中学校の生徒をスタッフとして、中学生の身で、彼はビジネスを開始したんですね。

「あのカジノホールは、その象徴なのかもしれませんが、他にもいろいろと、手広く活動しているようですよ――その実態は、ようとして知れませんが。

「うちの学校にも、財団の運営にかかわっている天才児がいますけれども、それとはまた別の才能なのでしょうね――そんな風に彼は、またたく間に髪飾中学校を、統制してしまいました。

「金の力で、と言えば聞こえは悪いですが。

「札槻くんが髪飾中学校に、ひとつの秩序をもたらしたことは、間違いがありません――その手腕は、当然ながら、評価されてしかるべきでしょう。

「とは言え、近隣学校の生徒会長からしてみれば、その手腕は、脅威でしかありません――彼の行動は、決して穏健派のそれではありませんでしたからね。

「瞳島さんも、既に察していらっしゃる通り、私と彼の間には、以前から生徒会長同士の交流がありました――だから、彼がどういう人物なのかは、知っています。

「ああ見えて、野心の強い男の子でしてね。

「間違ってもその支配力を、自分の通う学校内だけで発揮して、満足するようなタイプではありません――近いうちに、他校の支配にも乗り出すのではないかと、危惧していました。

「支配人、などと呼ばれていましたが。

「それこそが、まさしく彼の肩書きですからね。

「それもあって、私は生徒会長として、予防措置を取っていたというわけです――先述しました通り、あまり上首尾には進んでいませんでしたけれどね。

「札槻くんが何をおこなっていて、何を企んでいるのか、正直言って、それはわかりませんでした――ただ、先日、瞳島さんから、くだんの『サラリーマン氏』の風貌を聞いた時点で、私は『ついに来た』と思いましたね。

「いよいよ、札槻くんがその毒牙《どくが》を、指輪学園に向け始めたのではないか――と」

22　縄張り争い

指輪学園と髪飾中学校の間にある、境界線。

今回、わたし達は、それを乗り越えて、かのカジノホール『リーズナブル・ダウト』を訪れたわけだけれど、それは見方を変えれば、髪飾中学校側から、指輪学園への侵略ということもできるのだった。

事実、札槻くんは、わたしの通学路を、ああして歩いていたわけだし――あの『偽札の百万円』を、文字通りの撒き餌《まえ》に、指輪学園の生徒を、おびき寄せた。

うかうかと。

まんまとわたしは、それに引っかかったとも言えるわけで――実際のところ、ああして視力で黒子の存在を看破していなければ、髪飾中学校に対する印象も、かなり変わっていたんじゃないだろうか。

ああして恭しくも、所在なさそうにしていたわたしをもてなしてくれた札槻くんに、魅せられていなかったとは、とても言えない——ステージ上で大々的な勝利を収めた彼の姿は、さぞかし格好良く見えたに違いない。

仕掛けさえ知らなければ——仕掛け。

「……札槻くんのことはわかったけど——でも、咲口先輩」

と、わたしは問いかける。

咲口先輩と札槻くんの因縁、そして咲口先輩が、当初から含みをもって、髪飾中学校に向かっていた裏側については、それでわかったけれども——しかし、どちらかと言えば、気にかかることは、そちらだった。

仕掛け——黒子の存在。

否、非存在である。

「あれは、どういうことなんですか?」

咲口先輩にも見えてなかった以上、さすがにあれは想定外の事態だったのだろうか?でなければ、あんな大敗はしないはずだし。

「いいえ。それが想定済みだったのですよ」

と、点頭する咲口先輩。

「想定してなければ、どれだけよかったかと思いますが――私の予防措置は、まったく功を奏することなく、事態は悪いほうへ悪いほうへと進んでいくことになりました。ただし……」

咲口先輩はそこで、リーダーのほうを見た。

双頭院くんは、「ん？」と首を傾げる。

なんで無表情の天才児くんの内心はわかるのに、この手の解説に対しては察しが悪いのだろう……、この小五郎、ひょっとして世界一探偵に向いてないんじゃないか？

やむなく、でもないだろうが、咲口先輩は、自分で自分の言葉を引き継ぐ。

「ただし、そちらは、指輪学園の生徒会長としてではなく、美少年探偵団としての調査結果ですけれどね――瞳島さん。『トゥエンティーズ』のことを覚えていますか？」

23 『トゥエンティーズ』

「『トゥエンティーズ』⁉　今ロリコンが『トゥエンティーズ』って言った⁉」

と、咲口先輩の発した美声に反応して、生足くんが飛び起きた――ベッドのスプリングが利いているのか、それとも、彼の脚力は、寝転んだ姿勢からでもそれだけの機動力を発揮するのか、文字通り、寝台の上で跳ね上がった——コミカルなアニメ作品みたいに、そのまま天蓋を貫いてしまうんじゃないかという過剰反応だった。

「『トゥエンティーズ』とは言いましたが、ロリコンが言ったのではありません」

と、話の腰を折られた形のロリコン先輩はにべもなかったけれど、「とにかく、『トゥエンティーズ』って言ったんだね⁉」と、眠気が一気に吹っ飛んだように、生足くんは駆け寄ってきた——すごいスピードだ。無駄に。

ただ、過剰反応ではないのかもしれない。

かつて『美少年探偵団』が、かの組織と渡り合ったとき、誰よりも身体を張ったといえるのは、可愛らしい外見とは裏腹に、体力班である生足くんだったのだから——あのときのことは、トラウマになっていてもおかしくない。

『トゥエンティーズ』。

どう言えばいいのか、わたしもきちんと定義できているわけじゃあないのだけれど——要するに、犯罪組織である。

まるで野球チームのようなポップな名称からは、とても想像し切れない本物の犯罪者集団だ——彼らはわたしと双頭院くんを、考えられないほど鮮やかな手際で、拉致《らち》してみせた。

わたし達を助けようとした生足くんもまた、彼らの手の内に落ちたのだった——そのときのことが、心に刻まれていても……。

「じゃ、じゃあ麗《れい》さんにまたあえるの!? あの美女に!? 露出の多い美女に!? 麗人二十面相に!?」

…………。

身を乗り出して、そんな風に言う生足くんの心には、どんな傷もついていないようだった——まあ、人生で三回も誘拐されている少年にとっては、あのくらいの犯罪被害は、トラウマにはならないのかもしれなかった。

と言うか、敵の首領に心を奪われていた。

確かに、男の子なら魅惑されても仕方のない、ぶっとんだ美人ではあったけれども……。

「会えません」

ぴしゃりと、生足くんを叱《しか》りつけるように、咲口先輩は言った——さすがは理性的と言うか、犯罪者集団のトップが相手となると、たとえそれがどんなぶっとんだ美人であっても、それで冷静な判断を失ったりはしないらしい。

あるいはそれが、彼の年上の女性に対するスタンダードなスタンスなのかもしれないけれど——

「会うべきではないでしょう——むしろ私は、今後どうすれば、彼女の統《す》べる『トゥエンティーズ』とかかわらずに済むかどうかを、検討していたのですよ」

と、彼は続けた。

「えー」

と、露骨につまらなそうにする生足くん。

さすがにそのままベッドには帰らず、ソファに同席した——天才児くんが食べている途中だった焼きうどんを、無許可で横から奪取して、もぐもぐ食べ始めた。

自由だなあ。

「じゃあ、ボクはもう、あのむちむちの脚を見ることはないの？　いくら自分が肉付きの薄い脚が好みだからと言って」

「肉付きの薄い脚が好みだなんてことは断じてありません。親が決めた婚約者の脚の肉付きが、たまたま薄いだけです」

その発言は、たまたまと言うか、ぎりぎりだな……、わたしがスマートフォンを持っていたら、即座に通報するレベルだ。

しかし、そんな犯罪者に限りなく近い咲口先輩だからこそ、犯罪者に対する嫌悪感は、誰よりも強固で、倫理的なのかもしれなかった——実際、美少年探偵団のリーダーである双頭院くんあたりは、麗さんのことを認めるような発言も、していなくはなかった。

その表れでもあるのか、双頭院くんは、

「えっへん。で、ナガヒロ。その『トゥエンティーズ』が、あのカジノホールに、いったいどう絡んでくるのだね?」

と、興味を示した——大抵のことには興味を示す、好奇心旺盛な彼ではあるのだけれど。

「順を追って説明しますとも、リーダー。……ヒョータくん、なんならもう一度、寝てきてくれていいですよ?」

「いいよ。大丈夫、茶々を入れたりしないから」

これ以上話の腰を折られたくないらしい咲口先輩からの勧めを、生足くんは固辞した——既に茶々は十分入れているけれど。

不良くんはそれを受けて、茶々ならぬ紅茶を、もう一杯淹れる——喋りさえしなければ、このヒト、ギャルソン感が半端じゃないな。

やれやれと肩を竦めて、咲口先輩は、「この間は、首尾よく——いえ、運よく、私達は『トゥエンティーズ』を撃退することができましたけれど、次に同じことがあったときも、そんなにうまくいくとは思えませんでした」と、切り出した。

「極論を言えば、彼女達とかかわってしまうこと自体が、人生においてひとつの敗北と言うこともできるでしょう——この世には絶対に、かかわるべきでない人間というものがいるのです」

それはとても、真剣な口調だった。

生徒間で、かかわってはならないと言われている美少年探偵団の副団長がそう言っているのだから、その言葉は重い。

実際、その通りだろう。

麗さんは立ち去るときに、再会を臭わすようなことを言っていたけれども、しかし、彼女達と二度と会わずに済むなら、そんな幸せなことはないはずである。

「ですから、私はソーサクくんに助力を頼んで、彼女達の組織について、調査することにしました――どういう実体を持って、どういう活動をしているのか。どれほどの規模であり、今後また、私達の前に現れる可能性はあるのか、あるとすれば、それをどのように回避すればいいのか。隠密裏に、二人で調査していたのです」

そんなことをしていたのか。

確かにそれは、生徒会長と言うよりは、副団長としての仕事だった――前回も、その手の調査にあたっては、天才児くん（そして彼がかかわる巨大組織）の力を使っていた咲口先輩だ。

だったら先ほど言っていた、髪飾中学校の活動実態についても、いっそ指輪財団の力を借りればいいのにと思ってしまうけれども、そこはきっちり、わけて考えているようだった。

彼の意識の高さでもあるのだろうが、美少年探偵団を離れたところでは、互いにかかわりを持っていないという、はたから見れば不思議な、メンバー同士の人間関係に引かれている一線なのかもしれない。

リーダーあっての美少年探偵団。

咲口先輩と天才児くんは、直接、繋がっているわけではないのだ——それはわたしにも言えることだけれど。

「それで？　なんかわかったのかよ？」

実際、美術室を離れれば、生徒会長ともっとも対立している不良くん（美術室の中ではギャルソンくん）が訊くと、「ええ」と、咲口先輩は頷く。

「簡単に言えば、『トゥエンティーズ』は運び屋ですね——人でも物でも、望まれたものを望まれた場所に移動させるのを、仕事にしているようです。政治的信条や、思想とは無縁のようです」

「ふふん。だが、かすかな美学は感じたね」

双頭院くんがコメントを出した。

評価基準がわかりにくいが、まあ、正直に言うとわたしにも、言わんとすることはわかる——あのとき、麗さんはもっと酷く、わたし達を扱うことだってできたのだから。

荷物のように運ばれたのは事実だが、あれは相当、丁寧な運搬だったと言っていい。

「そうですね。美学と言いますか、彼女達にも、一定の基準があることは確かなようです——プロの犯罪者としての矜持《きょうじ》なのですかね。少なくとも、私達に報復を企んだりはしないと思われます。ひとまずは、一安心と言ったところでしょうかね」

なるほど……、犯罪者集団を敵に回したとき、もっとも怖いのは、報復か。一度や二度、形だけ勝ったところで、将来に不安を残せば、それは負けたも同じだろう——終わったつもりになっていたわたしは、あまりそんな心配はしていなかったけれど、しかしそれは、当然の用心と言えるのかもしれなかった。

婚約者がらみのことで社会的に破滅しないための用心をしているのであろう咲口先輩は、さすがに危機管理が細やかである——惜しむらくは、婚約者がらみの事案については、彼は現状、安心することができないという点だ。

「今後、よほどの軽挙妄動に走らない限り、私達が『トゥエンティーズ』と関わることはないでしょう。これは私が保証します」

「…………」

頼もしい台詞だったが、しかし常に軽挙妄動に走っている美少年探偵団のメンツを鑑《かんが》みると、一抹の不安を残す前提条件ではあった。

そうは言ってもそれだけなら、それはただの朗報であるはずなのに、咲口先輩の表情は、浮かなかった。

「ええ」

と、彼は続ける。

「調査の過程で、副産物的に、思いも寄らぬ情報が出てきてしまったんですよ——それが事態を、なんとも言えないほど、悩ましくも複雑なものにしてしまいました」

「悩ましい。それはつまり、麗さんのボディラインのように？」

「ヒョータくん。麗さんの話は、もう終わってます。載ってなかったでしょう？　登場人物表に」

「ちぇっ。なんだよ。いくら自分が、シンプルなボディラインの持ち主が好きだからと言って」

「シンプルなボディラインの持ち主と言うのが、もしも私の、親が勝手に決めた婚約者のことを指しているのであれば、彼女の名誉のために、そこまでシンプルではないと言っておきましょう——思いも寄らぬ情報というのは、実は、髪飾中学校のことでしてね」

「髪飾中学校？　ほほう、それはどこかな」

リーダーがきらりと目を光らせた。

記憶力ないのか、この子。

彼の好奇心は、一チャンネルしかないのだろうか——よく言えば、集中力が強いということなのだが、ついさっきまで潜入していた学校の名前を、どうしてそんな、ぱっと忘れているのだ。

そうでなくとも、ご近所の学校なのに。

ただ、そんな気の抜けたリーダーのリアクションに、不本意ながら救われたところもあった——おかげで、受けるショックをどうにか軽減できた。

あの『トゥエンティーズ』が、あの髪飾中学校に、いったいぜんたい、どうかかわってくるというのだ？

「『トゥエンティーズ』の仕事ぶりを追跡しているうちに、行き当たってしまったんですよ。私も耳を疑いましたけれど、しかし確かな情報源から得た話なのです——髪飾中学校の現生徒会長である札槻くんは、『トゥエンティーズ』と、取引した形跡があるのです」

「取引……？」

いち中学生が、犯罪者集団と、取引？

そんな馬鹿げたことが、と咄嗟に反論しかけたけれど、しかし中学生は中学生でも、札槻くんは夜の学校でカジノホールを開き、他にも手広く活動している中学生だ。彼ならば、そんなことがあっても不思議ではないのかもしれなかった——その相手が『トゥエンティーズ』だというのはあくまでも偶然にしても、なんらかの非合法組織とかかわっているのが、むしろ当然であるとまで言える。

「『トゥエンティーズ』は、基本は運び屋ですから、したのは仲介のようですけれどね

——彼女達は定期的に、札槻くんに届け物をしているようなのですね」

「て、定期的に会っているの……？　麗さんと、あの野郎が？」

生足くんが謎の嫉妬を見せているが（『あの野郎』って）、それはともかく——届け物？

「スロットマシーンとか、ポーカー台とかか？　あの辺の設備を、そうやってあいつらは入手してんのかよ」

「ええ、ミチルくん。もちろん、そう言った取引の仲介も、『トゥエンティーズ』がおこなっているのだと思います——でないと、なかなか中学生の身で、あれだけの環境は整えられないでしょう。ただ、重要なのはそこではなくてですね——とある……民間会社から、開発中の商品を委託されているようなのです」

ん。

美声の主が、らしくもなく口ごもって、少し間が空いたが……、なんだ？

間に入っているのが非違行為に手を染める『トゥエンティーズ』であるというのは問題だが、民間会社と取引があること自体は、そんなに目くじらを立てるようなところではないと思うのだが？

「開発中の商品の、モニターとしての役割を担って、報酬を得ているようですね——札槻生徒会長の主な収入源は、どうやら商品を試した感想をレポートにまとめて報告するという活動のようです」

「はあ？　レポートが主な収入源？　使い心地がいいとか悪いとか、誉めたり批判したりしてるだけでいいのか？」

そりゃ楽でよさそうだな、と諷《ふう》する不良くん。

「そんなんで、カジノホールを運営できたりするのかよ？」

「むしろそのために、カジノホールを運営しているとも言えますね——今、まさしく、札槻くんが委託され、テストしている商品こそ」

と、そんな風刺に、咲口先輩は答えた。

「瞳島さんが言うところの黒子の服——不可視の黒衣なのですから」

24　インビジブル・ウェア

それですべてが判明した。

ような気がしたのは、気のせいであって——状況は、まだまだぜんぜんわからないことだらけなのだけれど、少なくとも、あのカジノホールを、札槻くんがどのように運営しているのかの説明はついた。

咲口先輩の表現は、まったく的を射ていた。

カジノホールを運営する資金を、その『仕事』から得ているのではなく、その『仕事』

をするために、カジノホールを運営している——そう。

彼は、おそらく、あの場を利用して。

ギャラリーの目を利用して。

不可視の黒衣の実験をしているのだ。

実験……、実装テスト。

決して、あの黒衣で、カジノホールを訪れたお客様から、お金を巻き上げようなんてことを企んでいるのではない。

彼の顧客は、近隣の中学生じゃない。

企業なのだ。

しかし——

「そ、そんな服が、あるんですか？　な、なんて言うか……、天狗《てんぐ》の隠《かく》れ蓑《みの》みたいな……」

誰にも見えない服。わたしにしか見えない服。

そんななんともSFチックな衣服が……。

「そうですね。私も、この目で見るまでは信じられませんでしたよ——いえ、ですから、見えないんですけれど。しかし、先日、瞳島さんの話を聞いた時点で、ある程度、直感するものはありましたよ」

ソーサクくんと調べた時点では、それが具体的にどういうものだったのかまで、わかっていたわけではないのですが——と、咲口先輩。

「空気のように消えた男。おそらくは、その衣装を利用したのではないか、と——特徴をうかがう限り、その『サラリーマン氏』が、私の知る、髪飾中学校の生徒会長である可能性は、七十五パーセント以上、ありそうでしたからね」

「………………」

そう、繋がってくるわけだ。

だから咲口先輩は、この件に最初から積極的だった——彼にしてみれば、並行しておこなっていた二つの調査が計らずもひとつにまとまった形なのだから、一挙両得を狙ったわけではなかろうが、それでも、巡り合わせのようなものは、感じ取ったのかもしれない。

……その成果は、あったと言える。

札槻生徒会長が、髪飾中学校でおこなっている非違行為について、期せずして潜入捜査をすることができたし、そして——それ以上に期せずして、わたしの視力によって、該当商品が実装テストされる様子を、目視することができた。

不可視の物体を、目視。

美観のマユミ——か。

「だ、だけど……、そんなSFみたいな商品の開発、どう考えても、企業秘密ですよね？」

中学生の浅い知識で考えても、そんな商品がもしも世に出たら、想像を絶するような大金が動くだろうことは、想像にかたくない——否、偽札の札束からスタートした事件だから、どうしてもお金のことから考えてしまうけれど、これはお金の話だけじゃあない。

世界が一変しかねないアイテムだ。

飛行機の発明が、世界をすっかり狭くしてしまったように——テレビが世界をすっかりかき混ぜてしまったように——携帯電話の登場が、世界をすっかり窮屈にしてしまったように。

世界が根っこから作り変えられる。

そんな、常識をひっくり返すような道具である——間違っても、中学生に委ねていいような代物ではない。

頭の固い保守的な大人が管理すべきグッズである。

たとえ札槻くんに、どんな商才があるとしても——仮に、そうしなければならない理由が、その民間会社のほうにあるとするなら？

中学生や、非合法組織『トゥエンティーズ』を介さねばならない、必然的な理由があるとするなら——

「まともな人間じゃ、モニターを引き受けてくれないから」

と。

小さな声で、しかしはっきりと——天才児くんが言った。

指輪創作が喋った。

それは財団の運営にかかわる彼の、芸術家ではなく、企業人としての視点だった。

「開発元が、悪用する気、満々だから」

25 軍事産業

悪用。

それは、なんだろう——カジノで相手の手を、こっそり後ろから覗き見る、というようなレベルの、悪用ではないだろう。

不可視の黒衣——天狗の隠れ蓑。

その使い道が、それこそ『ドラえもんのひみつ道具』のような、可愛らしいものであるはずがない——平たく言えば、透明人間になれるお洋服なのだから、そんなものを使えば、大抵の悪事は、思いのままだろう。

防犯カメラがはびこる監視社会だからこそ、自身の存在を透明化できるそんなアイテムの需要は、表向きにも多いだろうが、裏向きならば、もっと多いに違いない。

存在しない人間なら、どんな犯罪をおこなっても、つかまることはない——いや、こんな想像すら、所詮は中学生がするような、生やさしいものだ。

そんな技術がもっとも求められて、たとえ非合法にでも採用されることになるのは、間違いなく戦場。

軍事利用である。

おぞましい想像ではあるけれど、『トゥエンティーズ』が噛んでいるという時点で、その想像には、一定のリアリティがある——思えば麗さん達とかかわったのは、軍事兵器が絡んだ事件においてのことだった。

たぶん、得意先なのだろう。

運び屋として。

あのときと同じ企業ではないにしても、札槻くんと繋がっている企業というのは、ならば——民間企業は民間企業でも、民間軍事企業ということなのか。

兵器産業……それも、一歩、踏み込んだ。

法律を無視することをいとわない組織。

「そんな後ろ盾があるなら、やり過ぎな偽札を作るくらいは、お茶の子さいさいだろうな——けっ」

と、毒づくように、不良くん。

「偉そうに振る舞っておいて、あの支配人、結局は組織の犬ってことか。『犬は人類最良の友である』って言葉の裏に、『つまり、人類の最良の友は、人類ではない』って意味があることに気付いたとき並みにがっかりするぜ」

風刺がキレッキレだ。

カジノですってんてんにされたことを、よっぽど腹に据えかねているらしい——しかも、こともあろうか、そんなカジノで、である。

「本人は、下請けのつもりはないでしょうね——むしろしたたかに、そんな軍事産業とも、渡り合っているつもりでしょう。お互い様と言えばお互い様でしょうし、利用し合っていることは確かです。そういった企業と太いパイプを持っていることが、彼の活動を広げもするでしょうし……しかし、言うまでもなく、危険です」

危険だろう。

ある意味においては、ロリコンよりも危険だ。

間違っても、透明性の高いビジネスだとは言えない。

なぜなら、それは、そんな取引や、経済活動を主導する、札槻くんだけの問題では済まないからである。

あの華やかなカジノホールで、客としてチップをやりとりして、無邪気に遊んでいた中学生達全員が、その非違行為の、無自覚の共犯者となりかねない——のみならず。

道を踏み外すということは、それだけで単に、リスキーでもある。

わたしがうっかり、空に見てはならないものを見てしまったばかりに、『トゥエンティーズ』に誘拐されることになってしまったように――彼ら彼女らの身に、思わぬ、しかし予定調和の『不幸な事故』が起きうる。

客だけではない。

バニーちゃんやディーラーといったスタッフとしてかかわっていた髪飾中学校の生徒達とて――ことは単なる、職業訓練では済まないだろう。

もちろん、わかっていてかかわっている腹心の部下もいるのだろうけれど、しかし、スタッフ全員が事情を把握しているとは、とても思えない。

カジノホール自体、日本においてはイリーガルなものではあるのだろうけれど、その先の一線さえ、完全に越えてしまっている。

どう考えても、遊び心とか、少年心の範疇を超越していた――やっていいことと悪いことがあるのだとすれば、明らかにこれは、後者だった。

「そんな便利な服があるなら、女子更衣室に忍び込むくらいにしておけばいいのに」

と、生足くんが言った――いや、それも、やっていいことではまったくないんだけどね？

「で、どうするよ、リーダー？」

再び、寡黙な芸術家に戻った天才児くんのほうをちらりを見てから（生足くんの意見は無視して）、不良くんが、双頭院くんのほうを向いた——指示を仰ぐように。

「どう思う？　団長から見りゃあ、『トゥエンティーズ』のやっていることも、札幌のカジノホールも、美学を感じる部分がないじゃあないんだろうが——こうなってくると、さすがにやり過ぎだとは思わねえか？」

「ふっ」

そんな不良くんに、双頭院くんは両手を広げる。

「ミチル。それはつまり、これから僕達はもう一度あのカジノホール『リーズナブル・ダウト』に取って返してリベンジを挑み、ステージの上で支配人と勝負するスペシャル・プログラムに勝利することで経営権を奪い、軍用兵器もどきの黒衣の実験場そのものを木っ端微塵《こぱみじん》に潰すべきだと思わないかという意味の質問かな？」

だったら僕の答はイエスだ。

と、双頭院くんは答えた。

「イエスに決まっているとも——ここでそうしないことこそ、僕の美学に反するからね。美を見てせざるは勇なきなりだ——えっへん！　瞳島眉美くん。いやさ、美観のマユミ！」

「は、はい？」

いきなり呼ばれて、びくっとなるわたし。

そんなわたしに、美学のマナブは、ぐっとサムズアップして、

「喜びたまえ。きみの視力を使わせてもらうときが来たようだぞ」

と言った。

26 再出陣

早口でまくしたてられた双頭院くんのプランを、その場で精査することは難しかったけれど、意外とそれは、計算されてはいた――否、双頭院くんに計算なんてあるはずがないが（彼にあるのは美学だけだ）、あのカジノホール『リーズナブル・ダウト』を潰すだけで、相当の目的を達成できることは、確かだった。

客にとっての遊び場、スタッフにとっての職場を奪うことにはなるけれど、それは同時に彼らを守ることでもある――指輪学園の生徒会長が計画していた、『学園の生徒を守る』という予防措置も、また果たされることになる。

札槻くんと『トゥエンティーズ』、ひいては民間軍事企業との繋がりを完全に断つというところまではさすがに望めないけれど、一度、その取引を壊滅させてしまえば、立て直すまでに時間はかかることになるはずだ――しかも、招待客としてそれをするのであれ

ば、非合法の中においてはまだしも合法的というか、逆恨《さかうら》みをされて、のちに禍根を残すということもない。

そして不本意ながら、そのための手段もある。

わたしの視力があれば、あの不可視の黒子の裏が取れる――支配人の連勝記録を阻止するのは、決してできない夢想ではないのだ。

考えずに出したアイディアとしては、これ以上のものは望めないだろう――ただし、そのアイディアを実行するためには、いくつかクリアしなければならない問題も歴然としてあった。

双頭院くんは即座に、今このときから、今夜のうちにもう一度、カジノホール『リーズナブル・ダウト』……、つまり髪飾中学校第二体育館に向かうつもりのようだけれど、しかし、それは難しいのではないか。

なにせ、これだけ目立つグループだ――うち一名は、つい一時間ほど前に、ステージに上がったばかりである。

あんな注目を浴びながら追い出されたわたし達が、当日のうちに再び現れたら、警戒されること請け合いである。

まして札槻支配人は、わたし達を送り出すとき、『美少年探偵団のご一行様』と言っていた――そりゃあそうだと言えばそりゃあそうなのだろうけれど、向こうの生徒会長は向こうの生徒会長で、仮想敵校である指輪学園について、ある程度の調べをつけているといいうことだ。

新入りのわたしのことはともかく、メンバーの顔は、最初から割れていると思ったほうがいい——いや、うがって見れば、わたしが美少年探偵団の新入りであることを知っての上で、わたしの前にあの偽札の束を落としたという考えかたもできる。

テリトリーを広げるにあたって、障害になりそうな活動団体を、まず最初にターゲッティングしたというような——被害妄想のようでもあるが、ここまで展開が込み入ってくると、それもありえる話だ。

だから、今夜の営業時間のうちに、戻って決着をつけようというのは難しいようにも思えたが、しかし、ことは急を要する——次の開催日である、来週の日曜日なんて、おちおち待ってはいられないのも確かである。

それではほとぼりが冷めるとも思えない。

もうひとつの大きな問題は、招待状が足りないということだった——わたしが、札束を拾った一割として得た十万円。

一万円札十枚で、その紙幣一枚ずつに、招待状は一枚ずつ入っていたわけで——そのうち六枚を、消費してしまった。

残るは四枚。

つまり、美少年探偵団のメンバーの、全員分には二枚、招待状が足りないのである。

「誰かふたりはお留守番ってことになるのかな……？」

わたしはおずおずと提案する。

どうやら双頭院くんは、わたしの視力をアテにしているようなので、わたしはお留守番要員にはなれないだろうけれど。

と、思ったのだが、

「そんなことを言ってもらっては実に困るね、瞳島眉美くん――美少年探偵団の団則その4を忘れたのかね」

と、リーダーに窘《たしな》められた。

団則その4――団《チーム》であること。

忘れていたわけではないのだが、こんな奔放なメンバーが揃っている癖に、まさかの団体行動を重んじるらしい。

「で、でも、足りないものは足りないんだし……」

「大丈夫だよ。僕に妙案がある」

と、リーダーは、美少年探偵団の美術班に、指示をとばした。

「ソーサク。働いてもらうぞ」

無言でこくりと頷く天才児くんを見て、わたしは、ああなるほど、と、双頭院くんの意図を察した――そうか、模写や模作は芸術家の基本なのだから、彼の腕をもってすれば、カジノホールへの招待状を、複製することができるかもしれない。

それで全員分のチケットを揃えようという算段なのだろう――と、一人合点したわたしだったけれど、しかしながら。

美学にもとづく彼の妙案が、そんなまともなものであるはずがなかった。

27 変装

偽札に端を発した悪巧みに対する意趣返しとして、招待状を偽造するというわたしの予想に対し、双頭院くんの発想は、不可視の黒子を利用した悪巧みに対する意趣返しだった――すなわち、わたし達もまた、黒子のように不可視になって、かのカジノホールに潜入しようというアイディアだった。

これだけでは何を言っているのかわからないと思うし、わたしも言われてさっぱりだったけれど、さすが通じ合っていると言うのか、天才児くんの動きは早かった――無表情だが、心の中はリーダーからの指令に、ノリノリなのかもしれなかった。

とは言え、

「なるほど。つまり、風景に溶けこもうというのですね――ならば招待状は六枚どころか、四枚でも多過ぎるくらいです」

という咲口先輩の言葉（翻訳）を受けて、ようやく鈍いわたしも、作戦の全容をつかむことができた。

「スタッフ出入り口は、体育館の裏側にあったぜ」

不良くんは、どうやら先程の訪問の際に、そんなチェックを入れていたようで、そう言った——如才ないのか、それとも、カジノホールで大敗した際に、逃走経路を考えていた成果なのかは、定かではないが。

「スタッフ出入り口？　うん？　どういうこと？」

生足くんだけは、まだ理解が及んでいないようだった——そうだ、ひょっとすると、彼に限ってはこの場合、まだ課題が残っているのかもしれなかった。

スタッフ出入り口。

つまり、双頭院くんの作戦は、わたし達はカジノホール『リーズナブル・ダウト』へ、招待客として潜り込むのではなく、スタッフに変装して潜入しようというものだった——変装は探偵の、基本技能である。

探偵であること。

美少年探偵団の団則その3だ。

先程、すごすご帰ってきたばかりで面が割れているから、変装して戻ろうというところまではありそうな発想だけれど、しかし、たとえ招待状の不足をどうにか解決したとしても、客として舞い戻った限りは、スタッフからの監視の目は、厳しいだろう。

変装が看破されれば、その後の活動は、より難しくなる――だけれど、スタッフとして潜り込むというのは、大胆な案で、しかも盲点だ。

気配を消すのが当然であり、しかも、正体が割れない限りは、カジノ側からはまったく警戒されない――ノーマークで内側から、自由な探偵活動ができるというわけだ。

しかも、招待状がいらない。

否……、四枚でも多過ぎるというのは本当だけれど、それでも一枚だけは必要だ。他の五人は、スタッフとしてフォローに徹するにしても、誰か一人は、ステージ上で支配人と、対決しなければならないのだから。

となると、誰がその一人になるかだが――

「えっへん。まあ、僕しかいるまいね」

そこはリーダーが役割を買って出た。

……そこはかとなく危なっかしいと思う反面で、しかし、それしかないかという気にもなる。

一度ステージにあがっている咲口先輩は除外するしかないし、ギャンブルで負けるのが得意な不良くんは問題外だ――美食のミチルでは、おいしくいただかれちゃう未来が目に見えている。

体力班であり、遊んじゃうタイプの生足くんにも、ステージ上での勝負は不向きだろう。

だったら、そういうお前はどうなんだと問われれば、わたしはギャンブルのルールさえろくに把握していないし、ならばわたしは『美観のマユミ』として、アシストに回るべきだ。

天才児くんは、ギャンブルでも天才性を発揮してくれそうだけれど、アシストに回るわたしと、コミュニケーションが取れない。

となると、双頭院くんしかいない。

リーダー直々の出陣だ。

もちろん、面が割れている以上は、それはそれで、変装はしなくてはならない。

「そうだね、瞳島眉美くん。いやむしろ、ステージの上で注目を浴びながら、支配人と間近で対峙《たいじ》することになる以上、僕は、誰よりも入念に変装しなければならないだろうね——ふうむ。となると、あれしかないだろう」

どれしかないのだろう。

その答はすぐに出た。

そして、わたし達は、再び、髪飾中学校へと向かうのだった。

28　あれしかない

ドレスアップした際の美少年探偵団の面々も、いい加減輝いていたけれども、天才児くんがその場で仕立てた、急拵《きゅうごしら》えとは思えないスタッフ用の衣装に着替えた彼らも、あんまり存在感を消せているとは言えなかった。

咲口先輩と天才児くんはディーラーに、生足くんは警備員に、不良くんはドリンクサーバースタッフに、それぞれ変装した。

ちなみにわたしはバニーちゃんになった。

マジか。

ほんの一ヵ月前、あれだけ根暗だったわたしが、バニーガールの格好をするほどあか抜けたとは、あまりにも新鮮な驚きだったけれど、しかしこれは二つの観点からして、仕方がないと言えた。

ひとつには、わたしは一度目の訪問の際に、既に、男装という変装をしていた——ならば、変装を解くことこそが、逆説的な変装だった。そして、カジノホール『リーズナブル・ダウト』には、女ディーラーももちろんいたのだけれど、さすがにディーラーの格好をして、ルールがわかりませんは通らないだろう——ならば役割は（警備員は無理だから）、バニーちゃんしかないのだった。

男装することで美少年探偵団に所属したわたしがバニーちゃんに変装するとは、こんがらがっちゃって、今やわけがわからない感じでもあったけれど、しかし、もうひとつの理由こそ、肝要かもしれなかった。

リーダーが女装してステージに上ろうとしているのに、配下のわたしがわがままを言うわけにはいかない――そう、念入りに。

以前、『トゥエンティーズ』とかかわった際にもそうしたように、双頭院くんは、再び、美少年から美少女に化けて、探偵活動に臨もうとしているのだった。

再びというか、結構毎回しているんじゃないかというような、美術班の手際の良さだった――むしろ天才児くんは、わたしをバニーちゃんに仕立てるのに、苦心惨憺《くしんさんたん》していたようだった（悪かったたな）。

もうひとつちなみに、生足くんも生足くんで、葛藤していた――ホールスタッフは、当然ながら、長ズボンだったからだ。バニーちゃんに変装すれば、ストッキングを着用しないことで、自慢の足を露出することもできなくもなかったわけで、彼は女装か長ズボンかの、二択を迫られることになったのだった。

「くっ……な、な、長ズボンで……」

どんな苦渋の決断なんだよ。

自身のアイデンティティを引っ込めるくらい、彼は女装が嫌いらしかった――バニー姿、なんならわたしよりも似合いそうなんだけど。

「この美脚のヒョータが、足を隠そうなんて……、美幼のナガヒロで言えば、幼女を操る声を封じられるみたいなものだよ……」

「誰が美幼のナガヒロですか。私はそんないかがわしい声の持ち主ではありません」

咲口先輩に美声で突っ込まれていたが、まあ、自分の足にこだわるあまり、わたしのバニー姿を見逃しているあたり、彼も大概迂闊なのだった――だけど、そこで同行を拒否しないあたり、天衣無縫な生足くん（長ズボンくん？）も、美少年探偵団のメンバーとしての、自覚はあるらしかった。

まあ実際、体育館の裏口からわたし達が、カジノホールに忍び込むにあたっては、彼の自慢の脚力が必要だったので、同行してもらって助かったのは確かである――その裏口のそばにはきちんと見張りがいたので、彼らを扉から、引き離してもらわなくてはならなかったのだ。

見張りの前をこれ見よがしに、不審者として走り抜け、そんな生足くんを彼らが追って裏口から離れた隙に、スタッフに変装したわたし達は、体育館内に這入った――生足くんは、見事見張りを振りきって、彼らが戻ってくるまでに、わたし達に追いついた。

「長ズボンだと、普段よりスピードが乗らない……」

と、本人はかなり不本意そうだったが、ともかく、わたし達は、潜入に成功した——別行動で、正面からカジノホールに入った双頭院くんは、既にブラックジャックのテーブルについていた。

明るい場所で見ると、絶世の美少女の絶世の美少女っぷりが、半端じゃあなかった——体育館の天井のライトが光っているんじゃなくて、双頭院くんが光っているかのようだった。

ドレスアップって言うか、本物のドレスを着ているもの。

「ふふっ。さすが我らがリーダーは、持っているものが違いますね」

と、咲口先輩は得意げだった。

リーダーを誇らしく思っているのならば、それはそれは本当にすばらしいことだけれど、小学五年生が女装している姿に心打たれているのだとすれば、彼の症状は深刻な診断が必要とされる段階に達していると判断せざるを得なかった。

今回の、札槻くんの抱える問題に片が付いたら、咲口先輩の抱える大問題に、いよいよわたし達は向かい合わなければならないのかもしれなかった——なんにせよ、スタッフがこんな風に固まっていては不自然なので、わたし達はそれぞれの役割を果たすために、カジノホールの四方八方に散る。

わたしは双頭院くんのそばに。

……って言うか、わたしが視力で適切に（不適切に？）アシストする前に、ギャンブルを始めちゃってるんじゃないよ。

不良くんじゃあるまいし、まさか破産していないだろうけれど――そう思いながら、双頭院くんの脇のチップを数えてみると、既に結構な枚数になっていた。

大勝をアピールするために、種銭は少なめからスタートしたはずなのに、ほんの三十分くらいで……。

先程美少年として来たときは、極めて綺麗に遊んでいた風の双頭院くんだけれど、これは別に、美少女になれば、ギャンブルの腕前があがると言うわけではあるまい――単に、今回は目的意識をもって臨んでいて、つまり、勝つ気でやっているということだろう。

とか思っている間に、またチップが増えた。

これなら、ステージに上るまでは、わたしのアシストなんて、いらないんじゃ……とも思ったが、しかし、こちらは全員、変装して潜り込んでいる身だ。

一人でも正体がバレたら、あとは芋蔓《いもづる》式である――そう考えると、あまりうかうかしていられない。

ただ潜入がバレるというだけではなく、わたしの場合は、そのためにバニーちゃんの格好までしたことが公になるのだから、そこは徹底するべきだった。やってやり過ぎるということはない、否、既に十分、やり過ぎているのだけれど。

なので、わたしは事前の取り決め通りに、双頭院くんにサインを送る——ディーラーの配るカードを、わたしの視力で、見透かして。

眼鏡は最初から外している。

……自分でやってみると、これがどれだけの反則なのかということが、まざまざとわかる。こんな覗き見ができてしまえば、カジノホールなんて成立しない——それだけに、ステージ上で暗躍していたあの黒子の行為が、許されないものだと、改めて認識した。

目には目を。

そんな慣用句が、これほどぴったりくる環境もなかろうが——とは言え、わたしが双頭院くんに送るサインは、あくまでも最小限にとどめた。

気後れや後ろめたさゆえではなく、あんまり複雑にすると、ルールをよくわかっていないわたしが、伝達ミスをしかねないからだ。

本番は、スペシャル・プログラムが始まって以降——黒子が現れてからなのだから、それまでに視力を使い切ってしまっては、本末転倒である。

こうして注視していると、双頭院くんの賭けかたは、はらはらするものだったけれど——ことあるごとに、オールインばっかりする。それでもおけらにならないのが不思議だが。

勝負どころを心得ていると言うのかな？

ただ、それでもはらはらすることには違いなかった——勝ちかたに華があるし、そうでなくても、美少女の双頭院くんはただでさえ見目麗しいので、ギャラリーが増えてきた。バニーちゃん姿を見られているようで、とめどなく羞恥心《しゅうちしん》をかきたてられたが、しかし誰もわたしのことなんて見ていない——これはこれでけっこう屈辱的ではあったけれど、ともかく、人目が集まると、わたし達の変装がバレるんじゃないかと、不安にもなった。向こうのほうで、無料ドリンクがおいし過ぎるという騒ぎも起きていた——ドリンクサーバー担当が余計な真似をしているらしい。

そうかと思えば、天才児くんはポーカー台で、実際にディーラーとして働くという、謎の社交性を見せていた——いつの日かその社交性をわたしに対して発揮して欲しい。

同じくディーラーに変装している咲口先輩は、そんな風に働いてこそいないものの、女性客に人気を博しているようだった——一度、ステージにあがった彼は、変装が一番バレやすいのではないかと危惧していたのだが、さすが、婚約者の年齢をひた隠しにし続けているだけのことはある、むしろ一番、そつがない。ただ、不安があることに変わりはなかろう。

生足くんはただただぐったりしていた。

長ズボンは彼のエナジーを吸い取るのだろうか——そこだけ空気がどんよりしていた。盛り場ではなく墓場のようだ。

だから。

チップを荒稼ぎした双頭院くんに、

「お客様、おめでとうございます！」

と声がかかったときは、わたしは心底、ほっとした。

「あなたはスペシャル・プログラムに参加する権利を獲得しました！」

「ほほう？」

美少女はにやりと応じる。

29 対決

そして本日二度目のショーが開催されることになった――カジノホールの経営権を賭けた、支配人と挑戦者の対決である。

ドレスアップした双頭院くんと、そして、札槻くんが、ステージの上で向かい合う――例のバニーちゃんがマイクを持って、一晩に二回、このショーが開かれることがどれくらい異例のことかを、説明していた。

そのマイクパフォーマンスの巧みさに、ギャラリーは湧く――ただ、あのバニーちゃん、同じバニーちゃんであるわたしには、冷たかった。

男装姿のときは、あんなにちやほやしてくれたのに……、いや、それは別にいいんだけどね。

バレたらバレたで問題なのだし。

そういう意味では、札幌支配人と接点が生じる前に、この形まで持ってこれたのは、大成功と言えた。

美術班の働きもあって、わたしの外見はがらりと変えられているけれども、声だけは変えようがないので（美声のナガヒロのようにはいかない）、面と向かって話せば、支配人にはわたしの正体が露見してしまうのだ。

さて、あとは勝負の最中《さなか》、黒子がステージでどう振る舞っているのかを、ホール側からわたしの視力でとらえて、その裏を取る手段を、双頭院くんに伝えればいい――それも、そんなに簡単なことじゃあないけれども、しかし、向こうが不可視だと思っている黒子の存在に気づいているというのは、こちらにとって大きなアドバンテージである。わたし達が気付いていることに、気づいていない油断を、うまく突けば……。

「ああ。あとはもう、楽勝だろうぜ」

と、すれ違いざまに、不良くんがそんなことをわたしにささやいた。

「ところで俺は、コンビニで下ろしてきた金を全額、リーダーに賭けたぜ」

「…………」

余計なことをするな。

これ以上不良くんを苦境に追いやらないためにも、わたしは視力を発揮しなければならないようだった——プレッシャーが増した。

勝負の種目に、挑戦者である双頭院くんは、ブラックジャックを選んだ。

ひょっとして彼は、ブラックジャックしか知らないんじゃないだろうか。

「いえ、おそらくリーダーなりに考えがあってのことでしょう——ブラックジャックならカードを背後から覗くことに、意味がありませんからね。不可視の黒子が、ポーカーのときのようには能力を発揮できないんですよ」

と、咲口先輩。

リーダーに考えがあるかどうかはともかく、なるほど、そういう見方もあるのか——一応咲口先輩は、天才児くんをディーラーとして、ステージ上に送り込もうと画策したようだけれど、それは失敗したらしかった。

今回、舞台上にディーラーはいない。

「…………」

生足くんの耗弱《こうじゃく》は酷く、限界のようだった——一刻も早く決着をつけ、生足くんを生足に戻さなければ。

「それでは、オープン・ザ・ゲームです！」

バニーちゃんがそう言って、ステージからはけていく——わたしは、いつ黒子がステージに現れてもいいように、目を凝《こ》らした。

大丈夫。

ことの背景を考えると、責任重大な役割だけれど、どんな展開になってもいいように、美術室で（双頭院くんの女装が仕上がるまでの待ち時間を利用して）十分にシミュレーションしてきた——たとえ黒子がどんな動きを見せたとしても、対応してみせる。

事実上、これがわたしの美少年探偵団のメンバーとしての初任務なのだから、立派に務めを果たそう——そんな気負いもあったのだけれど、でも、しかしながら。

勝負は予想外の展開を見せた——見せた。

否。

見せなかった。

30 不可視

「…………？」

双頭院くん（女装）と札槻くん（正装）の、ブラックジャック勝負が始まって、早くも三十分が過ぎた——にもかかわらず、例の黒子は、ステージに現れなかった。

壇上には、勝負するふたりがいるのみで、他には誰もいない――一対一のギャンブルに、横入りしようという第三者の姿は、どれだけ目を凝らそうとも、見えなかった。

いや、待て、焦るなと、わたしはわたしの気を落ち着かせる――精神状態が乱れては、見えるものも見えなくなってしまう。

でも、わたしの視力は、そういう性質のものじゃあない。オンオフやハイロウを、恣意《しい》的に調整できるたぐいの目とは違うのだ――メンタルに関係なく、見ようともしていない、見たくないものでさえ見えてしまうのが、わたしの両眼である。

だから、壇上に黒子がいるのなら、否応《いやおう》なく、わたしにはそれが視認できるはずなのだが――どういうことだ？

まだ、舞台脇で控えている？

出番待ち？

いや、でも……、そんな余裕があるのだろうか？　札槻くんからしてみれば、負ければすべてを失う勝負である。奥の手を取っておくような、それこそ『遊び心』を見せている場合じゃあないだろう――それに、ギャラリーの注目が集まる今こそが、不可視の黒衣の、実験のしどころのはずである。

ここで実験をしないのであれば、課されているモニターとしての仕事を、果たしていないとさえ言えるわけで……。

「……どうかしましたか？　瞳島さん」

咲口先輩が、さりげなくわたしのそばに寄ってきて、気遣うように声をかけてくる——あくまでも、スタッフがスタッフに話しかける体を装って。

女性の趣味が心配な人に心配をかけてしまっていることを、とても心苦しく思いながら、「ば、バレているのかもしれません」と、小声で答えた。もちろん、バレているのかもしれないというのは、咲口先輩の女性の趣味ではなく、わたしの視力のことだ。

「イカサマを見抜かれることを警戒して、札槻くんは、今日は黒子を使わないことにしたのかも……」

だとすると、わたし達の変装は、最初から露呈《ろてい》していたのだろうか？　うまく潜入したつもりでいて、その実、泳がされていた？

ならば、女装してステージにあがった双頭院くんや、自分を折り曲げて長ズボンをはいた生足くん、そして誰より、バニーちゃんの格好をしたわたしが、いい恥晒《はじさら》しだった——泳がされるどころか、溺《おぼ》れていると言っていい。

「いえ……それならばそれで、いい展開と言えるのかもしれません。札槻くんが、反則手を使うのをやめたのならば、リーダーは彼と、対等な勝負ができるわけで——」

なるほど、そういう考えかたもできるわけか（バニーガールの格好をしていない人には）。

その上、もしもわたしが視力を発揮すれば、対等どころか、一方的に有利な勝負もできるだろうけれど、それはリーダーの美学に反するだろう。

変な言いかたになるけれども、相手が反則手を使ってくれてこそ、こちらも反則手を使えるのだ――わたしに黒子が見えていない以上は、わたしは双頭院くんに、透かし見たカードの数字を伝えるわけにはいかないのだ。

となると、完全な運勝負になってしまう。

対等な勝負。

「さあ、どうだろうな。ギャンブルには流れってもんがあるからな……」

弱い人が何か言っていた。

なんだよ流れって。流れていくのはあなたのお金だよ。

ともかく、まだわからない――札槻くんは現状、様子を見ているだけかもしれない。今このときにも、黒子が登場して、ギャンブルに介入するのかもしれない。

わたしは不安を禁じ得ないままに、ステージでの勝負を注視する――咲口先輩がステージにあがったときよりも、ギャラリーは湧いていたけれども、あのとき以上に同調できない。

わたしは、ほんのわずかな違和感も逃すまいと、どんな大金を賭けている客よりも真剣に、双頭院くんと札槻くんの対決を見守った――守りどころか攻めの視線だったけれど、しかし、やはりそんな精神性は、わたしの視力に、まったく影響を及ぼさない。

見えないものは見えなかった。

だが、たとえルールがよくわからなくとも、これだけシリアスなトーンで見つめていれば、ふたりの勝負がどういう展開を繰り広げているのかは、わかろうというものだった
——チップが行ったり来たりする、絶妙の駆け引き。

まるで台本通りに演出されているがごとく。

見えざる手によって操作されているがごとく——綱引きの勝負がおこなわれていた。

あつらえたように、いかにもエキサイティングな——

「……本当に見えないんですか？　瞳島さん」

念押しするように咲口先輩にそう訊かれたけれど、それでも、見えないものは見えない
——だけど、黒子がいるとしか考えられない、ゲーム展開である。

どういうことだろう？

いや、こうなると、こう考えるしかなくなってくる——つまり、黒子は今、わ、わ、わたしの視力にも見えない存在となって、ステージ上で暗躍しているのだと。

「…………」

混乱する一方の頭で、わたしは考え続ける——推理する。

たった数時間の間に、不可視の黒衣が、バージョンアップされたのだろうか？　それと

も、わたしの目が、疲れてしまったのだろうか——夢を妨げる、迷惑なそれとしか思えなかった自分の視力が機能しないことが、今は不安でしょうがなかった。

ようやく、この視力を、正しいことに使えると思ったのに——正しくはなくとも、美しく使えると思ったのに、なんだこの有様は。

落ち着け、落ち着け。

札槻くんが、わたし達の上を行く作戦を立てて、美少年探偵団の調査を切り抜けようとしているのだとすれば、それが何かをイメージするべきなのだ。

「このままだと、まずいですね……、しばらくはこんな展開を続けたあと、最終的には、リーダーの手持ちのチップを、すべて奪い取るつもりなのでしょう」

自分も同じ目に遭わされた咲口先輩は、そんな危惧を口にしつつ、しかしそれを回避するための、具体的な策があるわけではなさそうだった——不良くんは言うに及ばず。

生足くんは、今はまったくの役立たずだ。

生足を失った生足くんは、視力を失ったわたし同様に、役立たず——いったい札槻くんは、何をしているんだ？

わたしの視力を、どうかいくぐっている？

どうやって……。

「はっはっは！」

と。

いよいよ行き詰まって、わたしが俯きかけたとき――すなわち、見ることを諦めかけたとき。

空を見上げることをやめたときのように、ステージから目を逸《そ》らしかけたときに、そんな高らかな笑い声が、壇上から響いた――あれだけにぎにぎしくわいていたギャラリーを静まらせてしまうほどの、ホール中に響きわたる高笑いだった。

もちろん、双頭院くんだった。

見るからに可憐《かれん》でおしとやかな美少女がそんな風に豪快に、大声で笑ったのだから、そりゃあギャラリーも、水を打ったように黙ろうというものだったけれど、しかし当の本人は、まったくそれを、気にとめた様子もない。

どころか、彼――彼女は、更に高らかに笑い続ける。

「……何がおかしいんですか?」

盛り上がっていた会場を、一瞬で変な空気に変えてしまった対戦相手に、さすがに困惑しつつ、しかし支配人としてフォローしないわけにはいかないらしく、札槻くんが、そう言った。

「いや何。どうやら今、僕は大ピンチらしいと思ってね！　ピンチのときほど美しく輝く自分の姿に、さすがに呆れてしまっただけさ」

「…………」

わけのわからないことを言う一人称僕の美少女に、札槻くんは、表情をひきつらせた——が、そこは生徒会長であり、ビジネスマンであり、ぺてん師である彼である。

「美しさにこだわりがあるようですね」

と、切り返した——余裕綽々《しゃくしゃく》を装って。

本当は呆れているのは彼のほうだろうに。

そんな表情だけがよく見えて、わたしは歯噛《はが》みするような思いをさせられる。

「だけど、お嬢さん。見かけばかりの美しさに気を取られていては、いつか足を掬《すく》われますよ。サンテグジュペリいわく、大切なものは目には見えないそうですから——美しいものも、またしかりでしょう」

本当の美とは、さながら空気のように、目には見えないものですよ。

なんて、しゃあしゃあと言った。

しかし、そんな文言《もんごん》に、ギャラリーは再び、大いに湧いた——美少女ということで支持を受けていた双頭院くんは、ここで観客さえも、敵に回してしまった形だ。

だが、そんなことで彼女、もとい、彼はまったくくじけたりはしない。

「足を掬われることなんてないよ。むしろ足には救われてばかりでね。サンテグジュペリなら僕も読んだよ。だけど、その美しい文章は、ちゃんと見えたぞ？　大切なものは目には見えないと、ちゃんと文字で書いてあった。僕はそれを見て、感銘を受けたとも」

「…………」

「それが本当に美しければ、見えないはずがないだろう――外面だろうと内面だろうと、文章だろうと空気だろうと、僕は必ず目撃する。たとえどんなにまぶしかろうと決して目を逸らさずに、僕はきらきら輝くものを見続けるのさ！」

そして更に、付け加えた。

「札幌くん、きみの嘘とて美しければ、それがどんなものか、見てあげてもいいよ」

その宣言に、否、宣戦布告に。

ギャラリーが湧くことは、当然、なかったのだけれど――遠慮会釈のない拍手が、たった四人分だけ、会場内に響いた。

どの四人なのかは、視認するまでもなく。

ホール内の、それこそ空気なんかには屈しない美しさを、見せつけられているようだった――まあでもそれはそれとして、状況はさっきまでよりも格段にやばいことになっている。

最悪、ここで双頭院くんがステージ上で敗北しても、来週以降に策を練り直して出直すという手がないでもなかったのだが、それもこれで完全におじゃんだ――双頭院くんと、今拍手をした四人は、完全に出禁だ。

決着は、今つけるしかなくなった。

挑発された支配人は、挑発的な美少女に、もう恭しく応じるのはやめて、ただただ無言でにらみつける——彼もまた、お遊びはやめて、決着をつけるつもりのようだ。

ぐうう。

考えなければ。考えなければ。考えて考えて考えて考えなければ。

さっきの物言いから判断する限り、やっぱり札槻くんは、間違いなく不可視の黒衣を使っている——使って、ゲーム運びをコントロールしているはずなんだ。

なのに、どうしてわたしに、それが見えない?

わたしは何を、見逃している?

わたしに見えているものは何で——わたしに見えていないものはなんなんだ。

さっき、耐えられなくなって、思わずステージから目を逸らしかけたとき、双頭院くんの声に——美学に目を向けたわたしだけれど……、そもそもわたしは、いろんなことから、目を逸らしている人間だ。

向き合うべきは何だ?

それは考えるまでもない——わたしだ。

わたしが見なければならないのは、わたし自身だ。そのために、わたしは美少年探偵団のメンバーになったのだ——わたしの目を、美しいと言ったリーダーと、共に活動したいと思ったんだ。

美観のマユミ。そう呼ばれた。それがわたし？

そうだけれど、それだけじゃあない——それは長所で、美点かもしれないけれど、でも同時に、それは短所でも、欠点でも、劣等感でもあった。

だったら、その他にもある、わたしの短所で、わたしの欠点で、わたしの劣等感は、なんだろう？

見ようとしていない、自分自身……。

空気のように、無視しているもの。

「………」

バニーちゃんの格好をしている自分と向き合う。わたし、何やってんだろうという気持ちになる。ただ、これは、この場合、関係ない——カジノホールでバニーガールの格好をしていることは、大きな目で見れば、そんなに不自然なことでもない。プールで水着を着ているようなものだ。良過ぎる目で見ても、それは変わらない——じゃあ、不自然なことは？

決まっている。

カジノホールにいながら、わたしはゲームのルールを、ほとんど把握していないということだ。ポーカーのルールも、ルーレットのルールも、バカラのルールも、スロットマシーンのルールも——そしてもちろん、ブラックジャックのルールも、ちゃんと知っているとは言えない。

不自然極まる。

客観的に見れば、なんでお前はここにいるんだと、言わざるをえない場違い感だ——それなのに、そんな自分と向き合っていない。

ルールをおぼえようともしていない。

たとえ双頭院くんにストップをかけられていなくとも、適当に遊んで、すぐに「なんかつまらない」と、やめてしまったに違いない。

つまらないのは、リテラシーのない自分のせいなのに——教養がなければ見られない映画があるように、文脈を知らなければ面白くない小説があるように、自分の目で見なければ理解できない現代アートがあるように。

知らなければ、見えない景色がある。

見えていても、見えないものがある。

たとえば空気を知らなければ、そこに空気があることには気付けない——そうだ、もっと、単純なこと。

見えていないんじゃなくて。

見えていいいいいるけれど、気付いていないんだとすれば——

「……咲口先輩。つかぬことをお聞きしますけれども」

仮に札槻くんが、ブラックジャック台のそばで双頭院くんをサポートするバニーガールの存在について、報告を受けていたとして――わたしの視力やわたしの正体を、その時点で看破していたのだとすれば、当然、そのサポートのたどたどしさから、わたしのゲームに対する不慣れのことも、看破するだろう。

そもそも、わたしの正体が見抜かれているのならば、休憩所でオセロをした時点で、わたしがゲーム全般を知らないことは伝わってしまっている。

だったら、無知なわたしの良過ぎる視力を回避する方法は、誰の目にも明らかなほどにはっきりしていて――

「ブラックジャックって……、親だけは、カードを途中で交換してもいいってルール、ありますか？」

31　種明かし

わかってしまえば、それは嫌になるほどに、シンプルなトリックだった――嫌になるほどに、見え見えのぺてんだった。

見えない黒子。

不可視の黒衣。

そのインパクトが強かったし、また、それが一番効果的なイカサマだから、つい、それ以外に方法なんてないと思い込んでしまっていたけれど——それが科学的な技術であり、最新鋭のテクノロジーであるのならば、必ずしもその適応先が、衣服だけに限られるはずがない。

軍事的に応用しようというのなら、軍服以外にも、どうにだって使えるだろう——銃器だろうとナイフだろうと、弾丸だろうとミサイルだろうと、戦車だろうと戦闘機だろうと。

どうにでも使いようのあるステルス技術だ。

咲口先輩も前情報では、髪飾中学校が秘密裏におこなっていた取引を、決して衣服に限っていたわけではない——そのテクノロジーの用途は、カードでも同じだ。

裏面からは見えなくて、表を向ければ見えるというような、ギミック・カード——伏せている間は誰にも見えないけれど、表を向ければ、テーブル上に出現するカード。

手品のアイテムとして考えるならば、極めて平和的なそれだけれど、しかしそれをギャンブルに使えば、極めて悪質なそれになる。

仕組みだけを考えれば、袖《そで》の中にトランプを潜めているのと同じだし、衆人環視の中で伏せたカードを手札に混ぜたり、交換したりするというテクニックは必要だろうけれど、しかし、まずバレないという点は、図抜けて卑怯だと、指摘せずにはいられない。

なによりも。

わたしに見られていると知りながら、臆《おく》することなくそんな反則手を使っていることに、馬鹿にされた気分こそを、隠しきれなかった——だが、実際に馬鹿だった。

馬鹿にされても仕方がないほど、馬鹿だ。

ゲームの第一回戦から、あからさまにおこなわれていたそんな反則に、気付かなかったなんて——双頭院くんよりも札槻くんのほうが、常に一枚多くカードを持ち、しかもそれが、計算に入ったり入ってなかったりするのを、『まあ、そういうルールなんだろうな』と、見逃していた。

見ながらにして、見えていなかった。

ただ、ひとたび気付いてしまえば、もう遠慮する必要なんてなかった——存分に怒りをぶつけていい。

ちゃんとルールも知らないままに、つきあいでカジノホールを訪れたのは、馬鹿にされても仕方のない無知だったとしても、仕方がないからと言って、怒りが消えてなくなるわけじゃない。

わたしは根暗な割には怒りっぽいのだ。

それもまた、向き合わなくてはならない自分の欠点だったけれども——今は向き合うよりも、向けることだった。

怒りの矛先を、ステージにいる支配人に。

許すまじ！

わたしは目を光らせた。

32　エピローグ

翌月曜日。

ほとんど寝れなかったわたしは、うとうとしながら、学校に向かう――こうしていると、なんだかゆうべあった出来事は、すべて夢だったようでもある。

実際、もはや夢である。

カジノホール『リーズナブル・ダウト』は、昨夜を最後に、閉店することになったのだから――支配人の連勝記録を止めて、鮮やかに経営権を入手した双頭院くんは、その場でこう言い放った。

「諸君、遊びは終わりだ。引き際こそ、美しく」

アウェー中のアウェーで、言うならば敵地のど真ん中でそんなことを言い放って、訪れていた招待客や、ホールのスタッフが暴動を起こしたらどうするんだと冷や冷やしたけれども、しかし、みんな、意外なほどにあっさり、彼（彼女）のそんな終幕宣言を受け入れていた。

まあ、みんなわかっていたのだろう。

象徴的なカリスマであった札槻支配人がああして敗北したということは、イコールすべての終わりだということだと——さもありなん。

彼の代わりになる人材なんていないことは、初見の招待客であったわたしにだって、はっきりしていることだった。

あるいは、双頭院くんの勝ちかたもよかったのかもしれない。

わたしは怒りのままに、見透かした限りのカードの数字を、彼にサインで送ったけれども、しかし双頭院くんは、そんな情報を元に、対戦相手をなぶるようなことはしなかった。

すぱっと勝って、さっと勝負を終わらせた。

ゲーム運びをコントロールするとか、ギャラリーを盛り上げようとか、そもそもそんな人心の機微を理解できるリーダーではないということもあるのだろうけれど、しかし少なくとも、あくまでも揺るぎのない結果論としては、双頭院くんは髪飾中学校の生徒会長に、恥をかかせるようなことはしなかった——もちろん、札槻くんのプライドが、それで傷つかなかったということもないだろうけれど、その傷は、最小限のそれで、収まっただろう。

それもまた美学なのか。

だとすれば、怒りに任せたわたしなど、及びもつかない懐の深さだった——とにもかくにも、わたし達は、不良くんの言うところの『敵の巣』から、誰一人欠けることなく、帰ることができたのだった（帰り道で生足くんが、天才児くんの手作りである長ズボンを、乱暴に破くという事件があったけれど、それはまた、別の話だ）。

参考までに追記しておくと、リーダーを信じてコンビニで下ろしてきたお金をオールインした不良くんは、一度目の来訪の際にすった分を取り戻して、どうにかこうにかとんとんにしていた——それもまた双頭院くんの、部下をフォローするリーダーとしての才覚なのかもしれない。

そんなわけで——翌朝である。

月曜日。

わたしは眠気をおして、バニーガールの衣装を脱いで、男子生徒の制服に着替えて、学校に向かう——もちろん眼鏡をかけて。

何がわたしの正しい格好なのか、さっぱりわからなくなってきているけれど、とりあえずこの眼鏡だけは、日常を日常として過ごすための、必須《ひっす》アイテムだった。

昨夜はちょっと視力を使い過ぎたので、目の奥のほうが痛いけれど、まあ、このくらいなら、すぐに回復するだろう——むしろ痛いのは、頭のほうかもしれない。

なぜなら、カジノホール『リーズナブル・ダウト』を、およそ計画通りに潰したところで、やはりすべてがすっぱり解決というわけでもないからだ。

指輪学園のテリトリーが侵されることも、指輪学園の生徒がギャンブルの毒牙にかかることも、これで事前に防げたわけだけれど——札槻くんの経済活動は、決してあのカジノホールだけに限らないのだから。

実験を止めることには成功したし、また、わたしのような視力の持ち主がいるとわかった以上は、不可視の黒衣——不可視のテクノロジーの開発自体を、彼らはゼロベースに戻さざるを得ないかもしれない。

しかし、わたし達は、髪飾中学校と『トゥエンティーズ』との繋がりまでを断てたわけではないのだ——だから、そういう禍根は、残ってしまっている。

咲口先輩は、婚約者の年齢に対するのと同じくらいの危惧をもって、指輪学園の生徒会長として、そして美少年探偵団の副団長として、悩みの種を抱え続けることになるのだろう。

「なあに、そう気に病むなよ、ナガヒロ。あのぺてん師には見るべきところがある。次もまた、きっといい勝負ができることだろう」

肝心の団長はそんな感じで、あくまで気楽なものだったが——見るべきところというのは、美点のことだろうか？

あのぺてん師に？

いや……、それが、見るべきところなのかどうかはさておいて、言われてみれば、そして終わってみれば、札槻くんも、必ずしもすべてが、ビジネスであり、取引であり、実験だったわけでもなかった。

昨日は頭に血が上っていたので、とてもそんなところまでは気が回らなかったけれど——確かに彼には、彼なりに、引いている一線があった。

あるいはそれは、彼にしか見えない一線であり、本当のところは双頭院くんにも、わたしにさえも、見えていない一線なのかもしれないが——冷静に振り返ってみれば、わたし達はほぼ唯一の戦略をとったけれど、彼のほうには他のやりようがいくらでもあったのだ。

選択の余地はあった。

わたしの知識——ならぬ無知をアテにしたあの戦略は、むしろ中でも、特にリスキーな選択だったはずだ。

札槻くんの伏せ札のトリックに、気付こうが気付くまいが、わたしがなりふり構わず反則手を使う可能性は、決して低くなかったのだから。

だから、双頭院くんが大勝ちしようと、ステージにあげないという強硬な選択もあれば、偽バニーであるわたしだけでも、カジノホールから力ずくで追い出すという選択もあった。

ぱっと思いつくだけでも、他の方策はこんなにある。

それをせず、あえて挑戦的で、そして挑発的な戦略をとったのは。

やはり——遊び心の産物なのだろう。

札槻くんにとって、『トゥエンティーズ』とのかかわりや、民間軍事会社との繋がりさえも遊びだというのであれば、安心できるどころか、危険度はむしろ増す一方だけれど……、さしあたって、わたしにできることはない。

あるとすれば——そうだな、とりあえずは、ブラックジャックのルールでも、覚えるところから始めてみようか。

そんな風に、今回の事件を総括しながら通学路を歩いていると、噂をすれば影ではないけれども、目前に、見慣れぬ制服の男子生徒の姿があった——髪飾中学校の学ランである。

なんだろう、早速、再びの侵略が始まったのだろうかと、咄嗟に身構えたわたしだったが、

「おはようございます、瞳島眉美さん」

というその声には聞き覚えがあった。

「僕ですよ、僕。ほら」

言って、垂らしていた前髪をかきあげる——札槻くんだった。

サラリーマン姿や正装姿を見たあとで見る学ラン姿の札槻くんは、却って違和感ばかりだったけれども、警戒心を抱かせない笑みだけは——詐欺師のような笑みだけは、間違いなく、彼のものだった。

思い返せば、ここは先日、わたしが百万円の札束を拾ったのと、ほぼ同じ場所だった——もちろん、偶然なんかではあるまい。

彼はここで、わたしを待ち伏せしていたのだ。

……しかも、名乗ってもいないのに、名前を把握されていた。

「ご安心を。仕返しに来たというわけではありません——このたび、あなたがたから受けた損害は、あなたがたが思っているよりも、甚大でしてね。ほとぼりが冷めるまで、しばらくは僕達はおとなしくしていますよ——咲口先輩にも、そうお伝えください」

「は、はあ……」

学生服で喋る彼は、年相応の少年のようにも見える——けれど、油断するわけにはいかない。おとなしくしていると言ったからって、それでおとなしくしているタイプではなかろう。

仕返しに来たのではないというのも、被害が甚大だというのも、疑い始めれば怪しいものだし、もし本当だったとしても、既に仲間達と、再起を始めているかもしれない。

「じゃ、じゃあ……、何の用なのかな？」

おっかなびっくり、わたしは訊く。とりあえず敬語をやめるタイミングはここしかないと思いつつ。

「ラブレターをお届けに。僕からじゃありませんよ。うちのバニーちゃんからです」

おおう、あの子か。

電話番号に続けてラブレターとは、アピールが積極的過ぎる。

「あなたの性別は伏せておいてあげますから、よければ電話してやってください——あの子はカジノホールに、よく尽くしてくれましたからね。ちなみに、昨夜の黒子の中身は、あの子だったんですよ」

そうだったんだ……、一人二役で、忙しくしていたんだな。

て言うか、わたしの性別は、別に伏せてくれなくていいんだけれど。むしろそろそろ教えてあげて？　これ以上わたしの周辺を、ややこしくしてほしくない。

しかし、生徒会長直々に届けにこられてしまえば、わたしとしても、ハートマークで封のされた便箋《びんせん》を、受け取らざるを得なかった。

どうしようかな……。

「そうだ。咲口先輩だけじゃあなく、僕に対して美学を説いたあの美少女にも、どうかくれぐれも、よろしく伝えておいてください——これは僕からのラブコールです。仕返しをするつもりはありませんが、またいつか、一緒に遊びましょう、とね」

それこそが、本題だったのではないかというようなラブコールだった——まさしく笑《しょう》中《ちゅう》に刀《とう》ありと言うべき、ぞくりとするような台詞だったけれど、その一方で、札槻くんは、わたしの正体や美少年探偵団の存在はともかく、双頭院くんの存在については、はっきりと把握しているわけではないことが察せられた。

そりゃそうか、小学五年生だし。

中学校同士のテリトリー争いという視点で、指輪学園を調べている限りは、彼の名前は浮上してこない——髪飾中学校の生徒会長が、小学五年生の女装姿にラブコールを送っているという結構な異常事態に、しかしわたしはほっとしつつも、

「そう言えば」

と訊いた。

「あなたのフルネーム、まだ聞いてなかったんだけど——二人には、それぞれちゃんとメッセージを伝えておくから、訊いていい？　札槻、何くん？」

「嘘《ライ》です。札槻嘘。嘘と書いてライと読みます。何か困ったことがあったときには、学校の垣根《かきね》など気にせずに、いつでも相談してください——お金の相談にならいつでも乗りますので」

「は、はあ。相談って」

「色眼鏡《いろめがね》を外して見れば、案外僕は、いい奴かもしれませんよ。それでは、よしなに」

そう言って、彼はきびすを返した――引き留める理由もなかったし、去ってくれるなら、それ以上のことはなかったはずだけれど、彼にはまだ訊いていないことがある気がしてしまってわたしは反射的に、「ま、待ってよ！」と、その背を追ってしまった。

追いついたあとで、何を話せばいいのかわからないままに――けれど、幸い、わたしが彼に追いつくことはなかった。

角を折れた札槻くんに続いたわたしは、そこで足を止めることになったからだ――一本道なのに、もうそこには、彼の姿はなかったのだ。

「……って。はいはい」

そう何度も同じ手をくらってたまるか。いくらなんでもワンパターンというものだ。

わたしはすぐに、色眼鏡ではない眼鏡を外して、不可視の黒衣をまとった、札槻くんの姿を見ようとした――しかし。

「あれ？」

しかし、眼鏡を外そうと目を凝らそうと、見える景色は変わらなかった――上下左右、どこをどうつぶさに探そうとも、札槻くんの姿が、現れることはなかった。

ぺてんのように、空気のように。

札槻嘘は、完璧に姿を消していた。

「…………」

大切なものは目には見えない。

白々しくもサンテグジュペリを引用したあの言葉でいわんとした『大切なもの』が、もしも、あんな見え見えの伏せ札を指していたのではなく、そのまんま、大きな切り札という意味だったのならば——どうやら、彼は今回、わたしにも見えない奥の手を隠したままで、ショーを終えたらしかった。

ならば、そんなものは前哨戦《ぜんしょうせん》でさえない——仕返しを考えないのも頷ける。負けたつもりなんて、彼にはまったくないのだ。

美学とぺてんの勝負は。少年心と遊び心の対決は。

探偵団と支配人との抗争は——あるいはここから本格化するのかもしれない。

しかしながら、いまだ、己の姿すらもろくに見えていないわたしが、そんな戦いの目撃者になれるのかどうかは、果てしなく怪しかった——見通しが悪いと、結ばざるを得ない。

(始)

あとがき

『五回に一回くらいうまくいく』というのが、物事に熱中するときの一番適切な数字だそうで、これは何もギャンブルに限った話ではありません。五回に一回くらい、約二十パーセントの割合で成功するものなら、なんであれ、ちょうどいいくらいの達成感を得られるのでしょう。まあ、九割がたうまくいくものって、いつまでも続けようという気にはなれず、いつかは飽きてしまいそうなイメージがあります。ルーチンにならないようなランダム性がそこには必要とされると言いますか。日常には刺激が必要だとしても、毎日が刺激的だとそれはそれで大変ですから、五日に一回くらいイベントデーがあれば、それが一番いいバランスだというような話でしょうか? 確率論というのは結構絶対的で、そこに変化を求めるのは無茶なんでしょうけれど、だからこそ、低確率をクリアするときの楽しさもまた、絶対的なものとなるようです。人間が、確率の高い方向ではなく確率の低い方向にベクトルを向けるのは、必ずしも単なる成功を求めているわけではなく、確率の低い、換言すれば難易度の高い勝負に勝ったほうが、嬉しさが増す傾向があるからだと言えそうですね。でも、これって考えてみると、じゃあ、人生が順風満帆で、五回に四回くらい、十中八九うまくいくくらいに強運に恵まれた人、つまり、人生がうまくいってうまくいってたまらない人っていうのは、それはもう、人生がつまらなくてつまらなくてたまらない人になってしまうんでしょうか？　……そんなことは絶対にないでしょうけれど、でもまあ、そういう場合、どこかで『うまくいかないこと』を望んでしまうのかもしれませんね。なんにせよ、無茶な確率に挑戦をして、失敗をして、『やっぱり』って言いたい気持ちは、誰にでもあるように思えます。

　というわけで美少年シリーズ第二弾です。なんだそのシリーズ名。時期的には前作『美少年探偵団　きみだけに光かがやく暗黒星』の直後くらいの出来事なのでしょうか。美少年探偵団の面々は、僕が書く小説の登場人物としては非常に珍しい、団体行動ができる人達なので、書いていてなかなか新鮮でもあります。そんな感じで美少年シリーズ第二弾、『ぺてん師と空気男と美少年』でした。

　本書のカバーイラストは、一冊目でもお世話になったキナコさんに、美食のミチルと美声のナガヒロをなんとも美しく描いていただきました。ありがとうございました。本書は新レーベル講談社タイガの二冊目となりますが、そう遠くないうちに三冊目の出版を目論んでおりますので、よろしくお願いします。

西尾維新

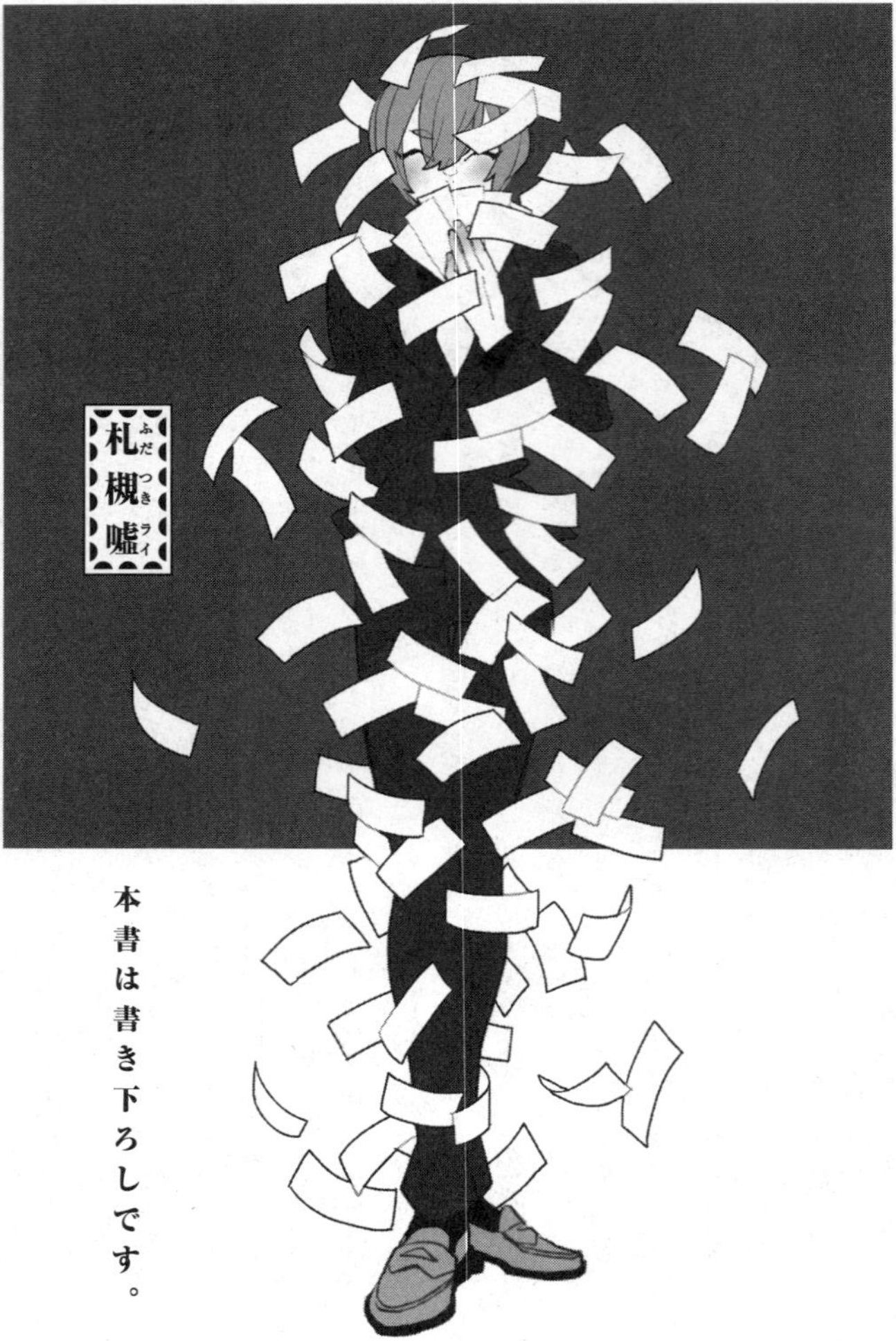

本書は書き下ろしです。

〈著者紹介〉

西尾維新（にしお・いしん）

1981年生まれ。2002年に『クビキリサイクル』で第23回メフィスト賞を受賞し、デビュー。同作に始まる「戯言シリーズ」、初のアニメ化作品となった『化物語』に始まる〈物語〉シリーズ、『掟上今日子の備忘録』に始まる「忘却探偵シリーズ」など、著書多数。

ぺてん師《し》と空気男《くうきおとこ》と美少年《びしょうねん》

2015年12月16日　第1刷発行　　定価はカバーに表示してあります
2025年 6 月18日　第6刷発行

著者……………………西尾維新《にしおいしん》

発行者……………………篠木和久
発行所……………………株式会社 講談社
〒112-8001 東京都文京区音羽2-12-21
編集03-5395-3510
販売03-5395-5817
業務03-5395-3615

KODANSHA

本文データ制作…………講談社デジタル製作
印刷……………………株式会社ＫＰＳプロダクツ
製本……………………株式会社国宝社
カバー印刷……………株式会社新藤慶昌堂
装丁フォーマット………ムシカゴグラフィクス
本文フォーマット………next door design

ISBN978-4-06-294011-5　N.D.C.913　216p　15cm

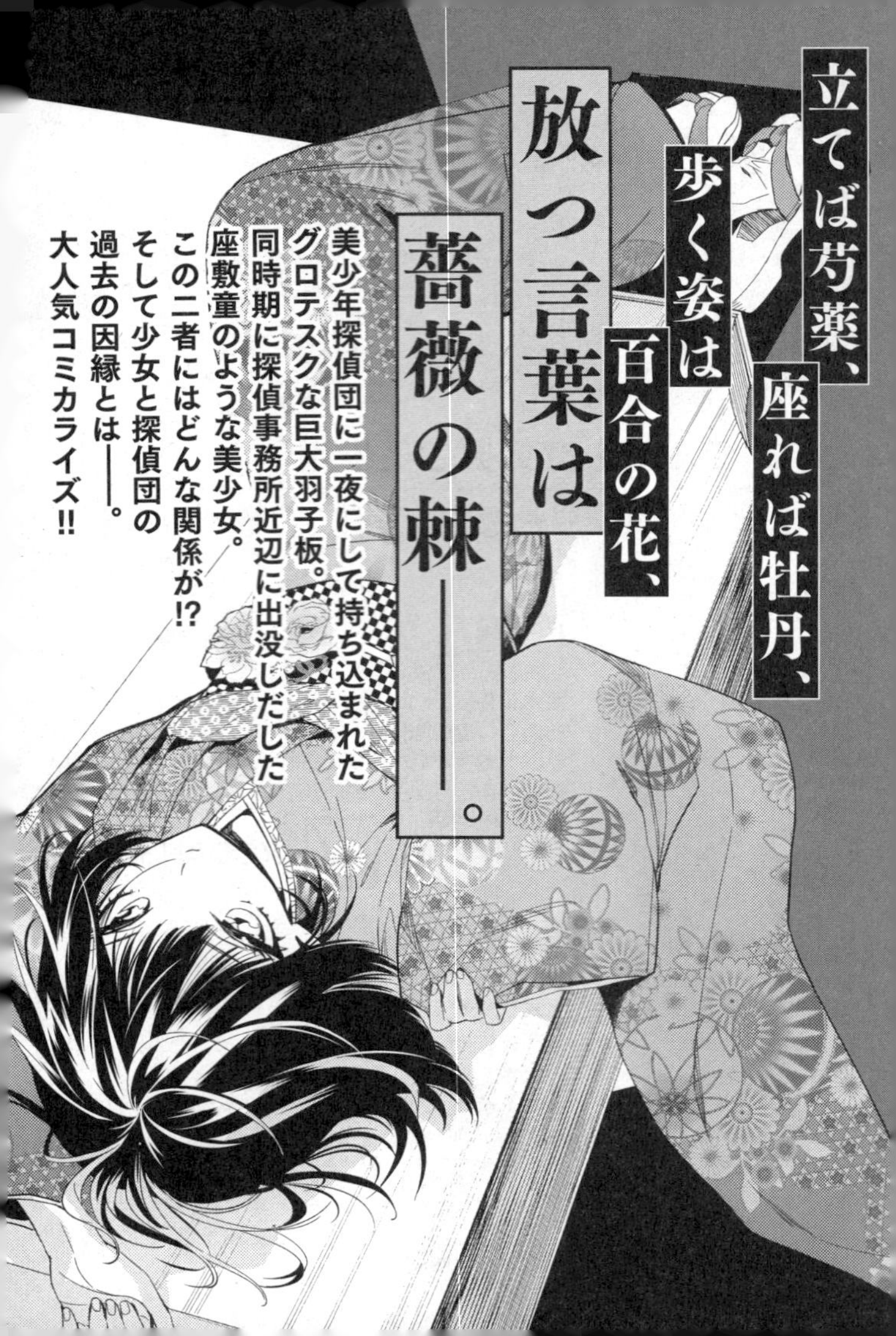
立てば芍薬、
座れば牡丹、
歩く姿は
百合の花、
放つ言葉は
薔薇の棘——。
美少年探偵団に一夜にして持ち込まれた
グロテスクな巨大羽子板。
同時期に探偵事務所近辺に出没しだした
座敷童のような美少女。
この二者にはどんな関係が!?
そして少女と探偵団の
過去の因縁とは——。
大人気コミカライズ!!

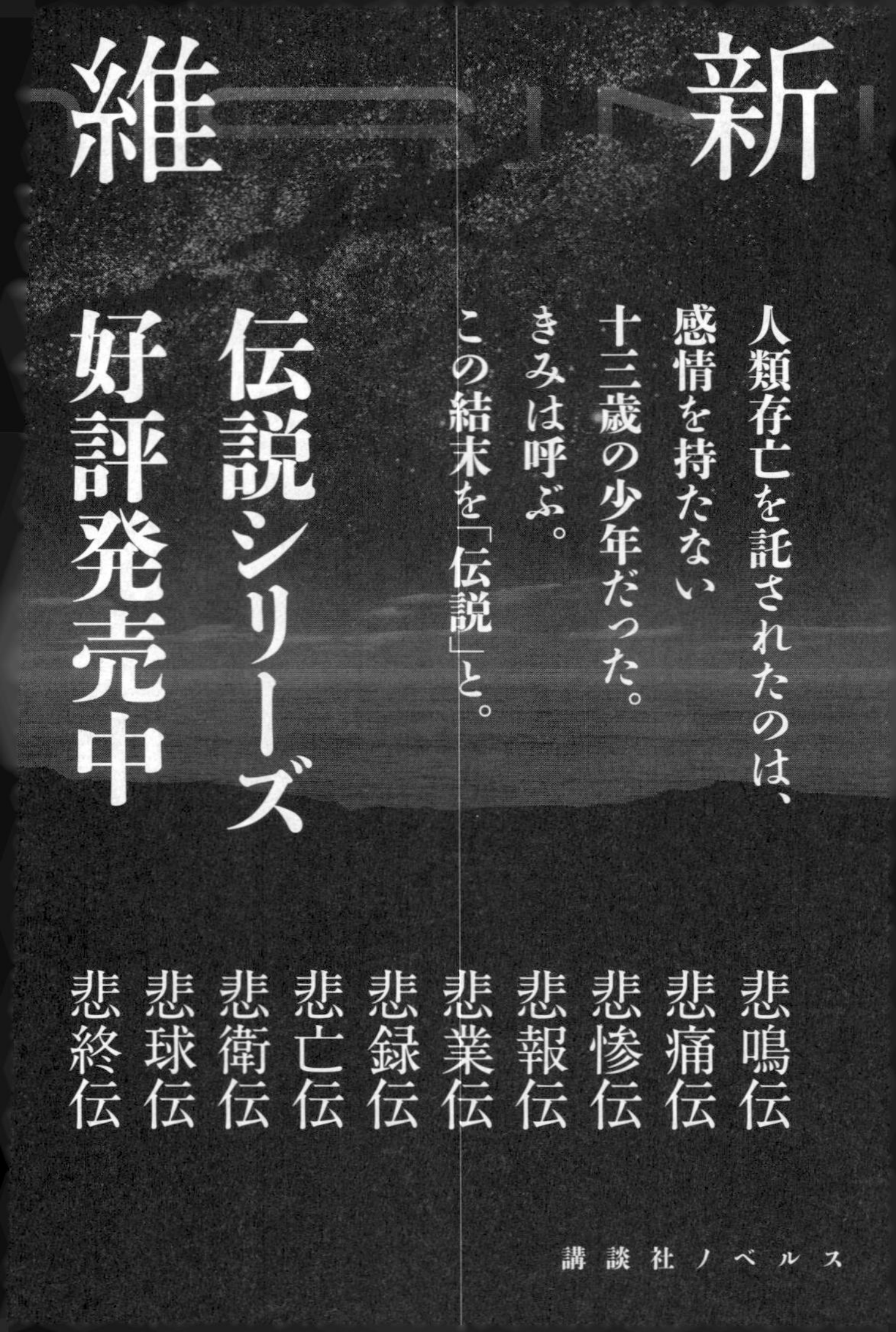
新
維
人類存亡を託されたのは、
感情を持たない
十三歳の少年だった。
きみは呼ぶ。
この結末を「伝説」と。
伝説シリーズ
好評発売中
悲鳴伝
悲痛伝
悲惨伝
悲報伝
悲業伝
悲録伝
悲亡伝
悲衛伝
悲球伝
悲終伝
講談社ノベルス

西　尾

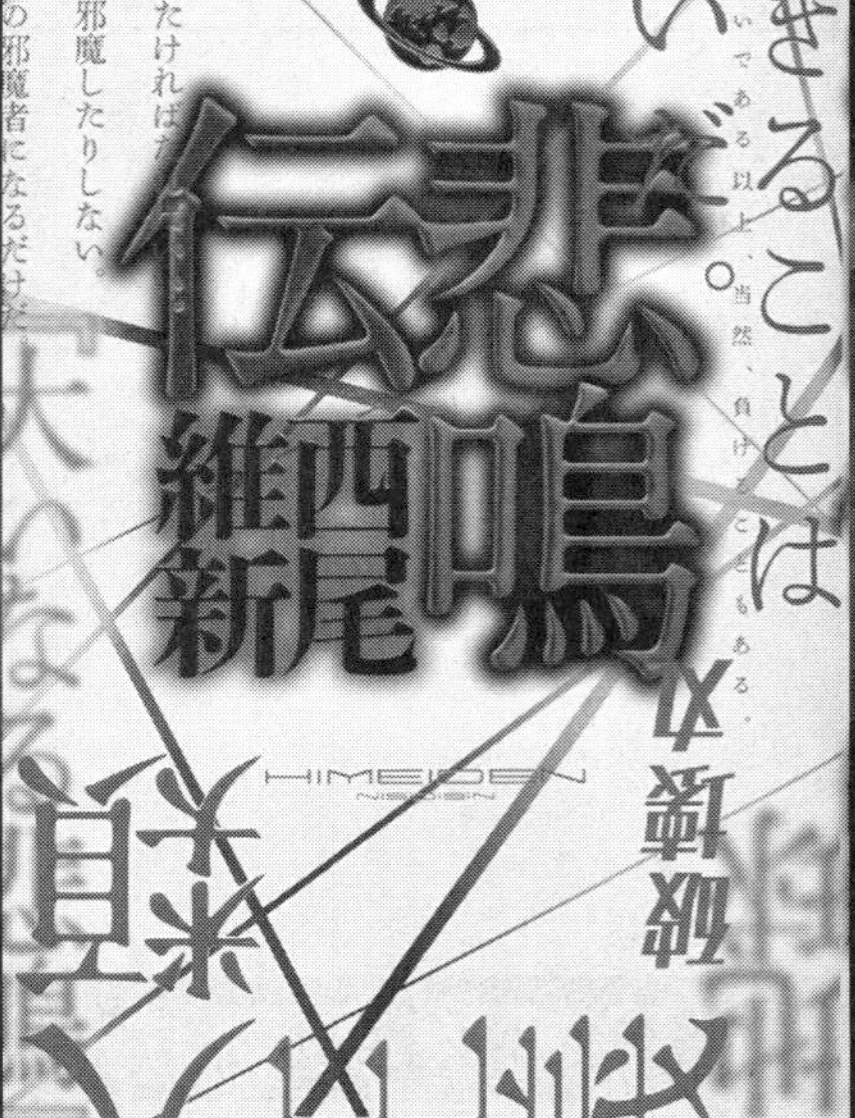

定価：本体各1300円（税別）